아리랑,
지구를 정복한 고양이들

두 번째

아리랑,
지구를 정복한 고양이들

큰 고양이(남기형) 지음

SANDBOX
STORY

두 번째

Hello,
We are
ARIRANG

PROLOGUE

아리랑

우리나라의 대표적인 민요.
대한민국 사람이라면 '아리랑'이라는 단어를 들었을 때
어떤 곡조가 머릿속에 떠오를 거다.
나에게 '아리랑'은 조금 의미가 다르다.
"세상천지 자기들이 제일 잘난 줄 아는 고양이 3마리.
하루라도 나를 가만히 놔두면 자기들이 죽는 줄 아는 못돼 처먹은 고양이들"
근데 이렇게만 정의하기엔 나의 억울함이 다 풀리지 않는다.

첫째 아리

어딘가 있을지도 모르는(잡히기만 해라) 고양이 신이 어느 날 "만약 네가 죽으면
세상 모든 고양이의 목숨은 무사하지만 네가 살면 세상 모든 고양이가
죽는다고 하면 어떤 선택을 할 것이냐?"라고 물어보면 일말의 주저함도 없이
"네가 뭔데 그런 걸 정해. 꺼져"라고 말할 고양이. 세상 도도하고, 까칠하고,
예민하다. 하지만 가끔 보여주는 애교와 멍청함이 재밌어서 그 순간을 보기
위해 어떻게든 옆에 붙잡아둬야 하는 고양이다. 남들이야 어떻든 자신은 집안
서열 1위라 굳게 믿는 중이다.

둘째 리랑

지금까지 이런 고양이는 없었다. 이건 고양이인가 삵인가. 오랜 시간 수의사로
일한 선생님도 이 정도의 근육량을 가진 고양이를 본 적 없다며 놀란 고양이.
하지만 마치 순정만화 남주인공처럼 자신이 그만큼이나 힘이 강하다는 걸
잘 모르는 듯 행동한다. 그래서 주변을 더 빡치게 만든다. 다행히 성격이
엄청나게 순하고 착한 편이라 그 엄청난 힘을 마구잡이로 휘두르거나 나쁜
일(츄르를 뺏어 먹는다거나)에 쓰지 않는다. 마음먹으면 서열 1위에 오를
힘을 가지고 있지만 착한 마음으로 2위 하는 중.

셋째 아랑

세상 모든 생명체가 자신을 사랑한다고 믿는 고양이.
리랑이를 겪으며 조금은 다른 고양이와 어울릴 줄 알게 된 아리, 원래부터 성격 하나는
좋아서 모든 고양이와 잘 어울리는 리랑이, 그리고 고양이들 마스터가 되어버린
나까지 집안의 모든 생명체가 자신에게 호의적이기만 해서 구김살 하나 없이
그저 매일매일 해맑은 고양이다.

지난 10년간, 세계는 이래도 되나 싶을 정도로 어마어마한 변화를 겪었습니다. 그에 따라 개인의 삶에도 많은 변화가 있었습니다. 아마 지금의 삶에 익숙해진 사람이 다시 10년 전으로 돌아가면 원시시대로 돌아간 것 같은 기분일 겁니다. 10년을 넘게 혼자 살았고, 그리고 아마도 평생 혼자 살 것이라고 예상했을 아리는 어쩌면 인간보다 더 큰 변화를 몸소 겪어야 했습니다. 잘 지내던 부산에서 서울로 이사를 하더니, 얼마 안 가 남동생이 들어왔고요. 서로 투닥거리며 지내다 보니 막냇동생까지 생겼습니다. 아마 아리가 무지개다리를 건너면 제가 저승에 올 때까지 기다렸다가 오자마자 "네가 나에게 한 짓을 기억하냐!" 하며 거기서도 물지 모르겠습니다. 그럼에도 가끔 아리와 리랑, 아랑이가 한 덩어리가 되어 침대에서 같이 자고 있는 모습을 보면 '까짓것 저승에서 좀 더 물리지, 뭐' 할 정도로 사랑스럽습니다. 아이들과 함께하며 정말 가족 같다고 느끼는 순간들이 많았습니다. 그럼에도 불구하고 사진을 잘 찍지 않는 습관 때문인지 순간들을 담은 사진들이 많지 않았습니다. 하지만 이 책을 준비하면서 예전 사진들을 뒤적거려보고, 새로 찍어보며 순간을 최대한 만끽해보려 했습니다. 글을 읽는 독자분들에게 조금이나마 전달되면 좋겠습니다.

사실 '고양이'라는 존재가 중요하다기보다는, 자신에게 '소중한' 존재가 있는가에 대한 질문인 것 같습니다. 집에 들어갔을 때 가장 먼저 생각나는, 집 밖에 있을 때 문득 걱정되는, 가장 기쁠 때도 가장 슬플 때도 함께 시간을 보내는 존재. 있으신가요? 비록 100% 서로를 이해하지 못해도 아주 작은 부분이라도 통하는 것이 있다면, 당신에게는 그 존재가, 그리고 그 존재에게는 당신이 가장 소중할지도 모릅니다. 곰곰이 생각하다가 떠올랐을지도, 바로 떠올랐을지도 모르지요. 만약 떠오르지 않았다면 조만간 당신의 마음속에 어떠한 존재가 꽃피우길. 그리고 그때가 온다면, 만약 그때가 이 책을 읽고 난 후라면 오늘은 손에 들고 있는 스마트폰으로 같이 사진 한번 찍어보는 건 어떨까요?

Contents

Part 1 우리 가족을 소개합니다

Part 2 달콤살벌 일상다반사

Contents

Part 3 가족이 된다는 것은

우리 가족을
소개합니다

Part

01

왜 하필 고양이였을까?

지구상에는 다양한 생명체가 존재한다. 가끔 다큐멘터리를 보면 '저런
생명체가 있다고?' 하며 놀랄 정도로. 물론 그중에서 내 인생을 함께 보낼
반려 생명체를 찾고자 한다면 그 수가 대폭 줄기는 하겠지만 그럼에도
다양성은 여전하다.

이탈리아에 잠깐 살았을 때, 카멜레온을 키우는 친구 집에 놀러간 적이
있었다. 그 친구가 귀뚜라미를 손으로 잡아서 카멜레온의 집에 넣어주는
모습이 아직도 생생하다. 부산에 살 때는 자신의 방에서 닭을 키우는
친구도 있었다. "걔가 널 알아보냐?"라고 묻자 어이없어 하며 "당연하지.
우리 닭이 바보냐?"라고 답하던 그 표정을 잊을 수 없다.

나는 왜 하필, 고양이였을까? 이것은 나의 꿈과 무지의 조합이라고
할 수 있다. 나는 초등학생 때부터 연기자가 되고 싶었다. 어느 날
학교 축제에서 연극을 하게 되었고 거기에 스스로 감동을 받은
아이가 연기자가 되고 싶었다는 흔한 스토리다. 그렇게 대학교까지
연극영화과로 진학하게 되었고 공연을 준비할 때면(거의 1년 내내) 집을
비우는 시간이 많았다. 그러니 자연스럽게 어떠한 생명체를 반려하게
되어도 시간을 많이 못 쓰지 않을까 하는 생각을 했다. 그러다 고양이는
외로움을 잘 타지 않는다는 속설을 들었고 스마트폰도 없던 그 시절
정보의 부족으로 그 속설을 믿고야 말았다. 그래서 '고양이는 괜찮지
않을까?' 하는 생각을 하고 만 것이다. 무식하면 용감하다고 말 그대로
정신을 차려보니 나의 첫 자취방에는 '아리'가 밥 달라며 울고 있었다.

사진첩을 싹싹 뒤져
찾아낸 고대 유물.
아가 아리.
저렇게 작은 시절도
있었다.

작은 고양이 아리,
가족이 되다

아리를 데리러 가던 날, 지하철을 타고 가며 온갖 생각을 다 했다. 이게 옳은 일일까, 지금이라도 연락해서 죄송하다고 할까, 나 아직 군대도 안 갔는데? 하지만 그들에게 처음 연락했을 때만큼의 용기는 나지 않아, 어영부영 부산역에 도착했다.

역에서 나와 긴 계단을 올라오니 긴장해서인지 심장이 쿵쿵 뛰었다. 약속 장소로 걸어가며 전화를 거니 마침 주위를 둘러보며 전화를 받는 부부가 보였다. 그들의 모습을 확인한 후 나는 손을 흔들며 달려갔다. 달려가는 내 눈에 그들 품에 소중히 안겨 있는 무언가가 보였다.

그분들은 정말 좋은 분들이었다. 최대한 많은 정보를 전달하려고 나에게 주의사항이나 조언을 계속 말해주었지만 나는 조그마한 치즈색 아기 고양이를 보느라 거의 듣지 못했던 것 같다. 사진이나 동영상으로는 수없이 봤던 생명체인데 실제로 눈앞에서 본 것은 그때가 처음이었다. 살짝 겁에 질려서 웅크리고 있는, 이제 겨우 눈을 뜬 아기 고양이. 준비해간 가방에 조심스럽게 아기 고양이를 넣은 후 재빨리 택시를 탔다. 당시 학생 신분이던 나에게 부산역에서 자취방까지의 택시비는 매우 부담스러운 금액이었지만 조금도 망설임은 없었다. 두려움에 떨고 있는 아기 고양이를 데리고 대중교통을 탄다는 건 너무 미안한 일이었다. 택시에 타고 조금 시간이 지나니 살짝 정신이 들었는지, 아기 고양이가 정말 "삐약, 삐약" 하고 울기 시작했다. 택시 기사분이 화를 내면 어쩌나 긴장했는데 다행히도 "고양인갑네, 귀여브라" 하고는 별말씀이 없으셨다.

집에 도착해 다급히 문을 열고 들어가 가방을 내려놓고 아기 고양이를 꺼냈다. 아기 고양이는 겁에 질려 바닥에 웅크리고 꼼짝도 하지 않았다. 나도 긴장되어 꺼내놓은 그 자세로 오래 있었던 것 같다. 그사이 아기

고양이는 어느 정도 분위기를 파악했는지, 눈치를 보며 있는 힘껏
구석으로 도망쳐 자리를 잡았다. 나는 일단 고양이가 자리를 이동했다는
것에 안심하며 계획대로 밖으로 나가 큰 마트에서 고양이 용품을 쓸어
담아왔다. 어설프게 화장실을 설치하고, 난생처음 모래를 부어보고,
식기를 씻어서 놔두는 그 모든 과정이 낯설었지만 나만큼 아기 고양이도
낯선 표정을 하고 구석에서 나를 쳐다보고 있었다.
밤이 되어 모든 일이 끝나고 밥까지 먹고 나니 긴장이 풀렸는지 몸이
피곤하다고 아우성을 치는 듯했다. 침대에 누워 음악을 듣고 있는데,
발 쪽에서 침대가 살짝 눌리는 느낌이 들었다. 화들짝 놀라 고개를
들어보니 그런 내 모습에 아기 고양이가 덩달아 놀라 침대 밑으로
떨어졌다. 이 집에 다른 생명체가 있다는 것을 금세 까먹었었다.
침대까지 올라온 것을 보니 그래도 적응을 한 것 같다는 생각이 들어
조심스럽게 아기 고양이에게 다가가니 도망치지 않고 살짝 겁먹은
눈으로 빤히 나를 쳐다보았다. 조심스럽게 들어 마치 세상에서 가장 얇은
유리를 옮기듯이 살며시 내가 눕는 자리 옆에 내려놓았다. '도망갈 거면
도망가고'라는 마음이었건만 아기 고양이는 놓인 그대로 앉아 있었다.
나도 조심스럽게 누워서 음악을 마저 들었다.
나도 모르게 잠이 들었고, 다음날 일어나 보니 아기 고양이는 내 옆에서
쌕쌕거리며 자고 있었다.
그렇게 아리와 나의 첫날밤이 지나갔다.

이젠 정말
사람 같은
나의 아리.

사실 아리랑이들을
시작한 건
내가 아니었다

이름이란 정말 희한하다. 지금까지 엄청나게 많은 프로젝트를
진행해오면서 정말 많은 이름과 제목을 지어봤다. 한번에 '이거다!' 싶은
이름도 있었고, '진짜 이걸로 한다고?' 싶은 것을 꾸역꾸역 만들어본 적도
있다. 마음에 드는 이름이든 아니든 '이름'의 가장 중요한 특성은 부르다
보면 익숙해진다는 것과 바꾸기가 쉽지 않다는 것이다.
'아리'라는 이름은 아리랑을 좋아하는 내가 지은 것이 아니다. 내가
아리랑을 좋아하는 것을 아는 친구가 지어준 이름이다. 향후 '아리'라고
불릴 고양이가 내 집에서 나와 함께 어리바리하게 지낸 지 이틀이 지났을
때쯤, 난 왠지 모르게 이름을 정할 수 없었다. 부담감이 컸던 탓이었을까?
그때 옆에 있던 친구에게 이걸 말하자 그 친구는 아주 심드렁하게
"아리로 해, 너 아리랑 좋아하잖아"라고 말했다. 마치 메시아가 예언을
준 마냥 나는 거부할 수 없는 어떠한 힘을 느꼈다. 실제로 아리랑을
부르는 것도 좋아하고(정말이다), 아리라는 그 어감도 뭔가 집에 있는

고양이에게 딱 어울려 보였다. 그리고 그날 집에 돌아가 문을 열자마자
"애옹"거리는 고양이에게 "아리야!" 하고 불렀다.
아리의 이름이 아리랑에서 나온 것이니 전통에 따라 리랑이의 이름은
금방 정해졌다. 주변에서 부르기 힘들다, 어감이 이상하다, 굳이 왜
그렇게 지으려 하냐, 니가 무형문화재냐 여러 반발이 있었지만 나는
단호했다. 아리와 가족 같아 보이기도 하고, 무엇보다 리랑이라는 단어가
재밌게 들렸다. 그래서일까? 리랑이는 정말 재밌는 고양이가 되었다.
얌전했으면 좋겠는데. 마지막 아랑이의 이름을 지을 때는 조금의 의미를
더했다. 큰 사고 없이 시간이 흐른다면 아리가 먼저 무지개다리를 건널
것이다. 그때 아리를 추억할 수 있는, 그러면서도 리랑이와 잘 어울리는
이름으로 하고 싶었다. 그래서 아리랑에서 아리의 '아'와 리랑이의 '랑'을
따와서 아랑이로 지었다.
사실 다 같이 혼낼 때 "아리랑!"이라고 부르기 쉬워서 좋다.

리랑이는
어쩌다 오게 되었나

나도 그리고 아마 아리 스스로도 우리 집의 고양이는 평생 1마리일
것이라고 생각했었다. 부산에 사는 동안 나는 할머니와 함께 지냈다.
넓은 집에 움직임이 많지 않은 할머니와 같이 살다 보니 아리는 마음껏
뛰어놀며 자신의 공간을 가질 수 있었고, 그것에 아리도 우리도 아무런
불만이 없었다. 아주 가끔 '둘째가 있으면 어떨까?' 하는 생각을 하긴
했지만 그저 상상일 뿐 진지하게 고려해본 적은 없었다.
서울로 상경하게 되면서 아리를 놓고 올 수는 없었기에 같이 올라왔다.
첫 서울살이가 그렇듯 아주 작은 원룸으로 이사하게 되었는데 넓은
집에서 밤에 우다다를 하며 뛰어다니던 아리에게 그곳은 조금 큰 이동장
같은 느낌이었던 것 같다. 게다가 이제 자신을 돌봐줄 사람이 나밖에
없는데, 나는 서울로 올라오고는 많은 일들로 밖에 더 자주 나가 있어야
하다 보니 아리가 외로움과 협소함으로 지쳐가는 것이 눈에 보였다. 결국
이사한 지 1년이 조금 넘은 시점에 두 가지 큰 결정을 하게 되었다. 평생

받아본 적 없는 대출, 그리고 평생 생각해본 적 없는 둘째.
대출을 통해서 조금 더 넓은 집으로 이사를 하고 나니 내가 나가 있는
동안 같이 놀 수 있는 둘째가 있으면 좋겠다는 생각이 들었다. 대출과
이사는 성공적이었다. 생각보다 넓고 좋은 집을 찾을 수 있었고,
나 같으면 절대 연극배우에겐 돈을 빌려주지 않을 텐데 은행에서
감사하게도 대출이 나왔다. 그러고 나서 데려온 리랑이.
리랑이는 아리에게 있어서는 절반의 성공이라고 볼 수 있다. 아리는
확실히 리랑이가 온 후부터 심심해하지는 않았다. 짜증이 많이 났을
뿐. 힘이 넘치는 리랑이는 아리에게 툭하면 놀자고 달려들었고, 아리는
그런 리랑이를 매우 낯설어하고 못마땅해 했다. 때때로 같이 껴안고
자고 그루밍을 해주기도 했지만 리랑이의 에너지를 감당하기에, 아리는
너무나 어른스러웠다. 이때만 해도 나는 이 구도가 또 다른 결과를
만들어낼 것이라고는 상상도 못했다.

이렇게나 작았던
리랑이.

둘이 제법
닮았다.

아니야...
리랑아...
건드렸다간....

아랑이는
어떻게 가족이 되었을까?

나름 연기를 공부한 사람으로서 말하자면 희극, 즉 코미디의 중요한 요소 중 하나는 반복성이다. 그것이 웃긴 대사이건, 행동이건, 상황이건 그 요소가 반복될 때 코미디는 배가 된다.

아리가 심심할 것 같아서 리랑이를 들였다. 둘은 각자의 공간을 확보하고 때론 싸우며 때론 술래잡기를 하며 잘 지내는 듯했다. 하지만 아리는 리랑이를 감당하기엔 너무 어른이 되어버렸고 리랑이는 무덤덤한 아리만으로 만족하기에는 너무 팔팔한 소년이자 청년으로 거듭나고 있었다. 이제 리랑이가 심심해졌다. 아리에게 몹쓸 짓을 한 것 같아 리랑이를 들였는데, 리랑이에게 몹쓸 짓이 되어버렸다. 코미디는 무엇이 중요하다? 반복이 중요하다. 아랑이가 들어왔다.

오해는 없었으면 좋겠다. 나는 코미디를 위해서 아랑이를 들인 건 아니다. 오히려 가까이서 보면 비극이라 할 수 있겠다. 고양이가 1마리에서 2마리로 늘어나는 건 큰 변화지만 감당할 만하다. 하지만

2마리가 3마리가 되는 건 삶이 송두리째 바뀌는 것이라 할 수 있겠다. 나의 쌀보다 더 빨리 없어지는 사료, 내가 먹을 고기보다 더 많이 사야 하는 통조림은 물론, 집안의 고요나 평화는 기대할 수도 없게 되었다. 하지만 다행히도 아랑이는 우리 집안의 마지막 퍼즐 조각이었다. 리랑이와 같이 놀 만큼의 에너지를 보유하고 있으면서도 아리에게는 무식하게 덤벼들지 않는 눈치를 보유하고 있다. 동시에 어찌나 애정 넘치는 고양이인지! 짜증 내는 아리에게도 얼굴 한번 비비적거리려고 옆에서 기다리고, 리랑이가 힘 조절 못해서 아프게 장난쳐도 화 한번 내지 않는다.

이로써 아리랑이 완성된 것이다.

지금 모습이랑
꼭 닮은
아기 아랑이.

리랑이에게
그루밍 받는
아기 아랑이.

그렇다면
왜 코리안 쇼트헤어들인가

옛 격언들 중에는 새겨들어야 할 말이 많다. 물론 때로는 납득이 가지 않는 것들도 있다. 예를 들면 '일찍 일어나는 새가 벌레를 잡는다'. 아마도 부지런해야 성공한다는 내용인 것 같은데 벌레를 잘 잡으려면 무엇보다 사냥 기술이 좋아야 할 것이고 벌레 중에도 늦잠 자는 애들 많을 테니까 어차피 오후에 나가도 벌레는 있을 것이다. 아침형 인간을 강요하는 이런 격언은 내가 아침잠이 많아서 아침에 못 일어나는 것이 찔려서라기보다는 그냥 딱히 공감이 가지 않는다.

'아는 만큼 보인다'는 내가 매우 좋아하는 문장인데, 무언가를 좋아하거나 싫어하기 위해서는 일단 그게 무엇인지 잘 알아야 한다는 진리를 담고 있기 때문이다. 나는 코리안 쇼트헤어를 싫어하기엔 그것이 무엇인지 잘 몰랐다. 아니 정확히는 고양이를 싫어하기에는 고양이가 무엇인지 몰랐다. 아리를 데려올 당시의 나는, 지금 생각하면 정말 무식하기 짝이 없지만 진실로 이렇게 생각했다. '고양이는 그냥 다 고양이 아니야?' 어떤 품종을 선택할 수 있다는 개념조차 없던 나는 그저 초록창에 '고양이'라고 검색했다. 그게 내가 할 수 있는 최선이었다. 만약 그때 입양 글을 올리신 분이 다른 품종의 고양이를 올렸었다면 나는 별생각 없이 그 친구를 데려왔을 것이다. 그리고 아리가 들어오고 나서는 그저 단순하게 아리랑 비슷한 애들이 와야 아리가 놀라지 않을 거란 마음으로 리랑이를 데려왔다. 이상한 곳에서 보수적인 나는 '전통이란 중요하지' 같은 되지도 않는 소리를 하며 셋째도 코리안 쇼트헤어를 선택했다.

리랑이는
너무 착하고 못됐다

리랑이는 정말 성격이 좋다. 리랑이는 총 3마리의 고양이를 만났는데
그때마다 단 한 번도 먼저 하악질을 하거나, 공격성을 드러낸 적이 없다.
잠시 임시 보호를 했던 임랑이가 왔을 때는 온 지 하루도 되지 않아서
그루밍을 하며 같이 놀아주었고 아랑이와는 말 그대로 같은 배에서 나온
남매처럼 살갑게 지냈다. 아랑이가 온 당일부터 같이 붙어서 껴안고 자고
그루밍을 해주었으니 합사 과정이라는 것이 조금도 필요 없을 만큼 성격
좋은 고양이다.

여기까지 들으면 이런 천사 고양이가 있나 싶겠지만, 그런 완벽한
고양이는 존재하지 않는다. 일단 리랑이는 수의사 선생님이 인정할
정도로 일반 고양이보다 훨씬 많은 근육을 가지고 있다. 나 몰래 웨이트
트레이닝을 한 것이 아니라면 타고나기를 그렇게 타고났다. 그러다
보니 리랑이에게는 장난인 행동이 다른 고양이에게는 매우 위협적으로
다가온다. 내가 옆에서 봐도 '어우, 아프겠는데?' 싶은 모습이 많다.
그러다 보니 아리는 리랑이가 가까이만 와도 질겁하고 도망가기 바쁘다.
리랑이 입장에서는 아랑이와 똑같은 모양으로 노는 건데 아리는 나이도
많고 그렇게 노는 것에 익숙하지 않다 보니 리랑이의 모습이 매우 격하게
다가오는 듯하다. 그럼 아랑이와는 아무런 문제도 없느냐?
그 착한 우리 막내 아랑이가 유일하게 하악질 하는 순간이(정말 유일하다)
리랑이가 심하게 장난칠 때다. 리랑이가 도망가는 아랑이를 잡아서
패대기치고(과장이 아니다) 그 강한 앞발로 누르면서 목을 "왕" 하고 물면

이렇게 순하고
살가운 고양이.

아랑이가 "끄으응!!" 소리를 낸다. 그쯤 하다 멈추면 좋으련만 리랑이는
눈치도 없이 계속 장난을 치고 그러다 보면 결국 아랑이가 하악질을
한다. 사실 그 전에 내가 말리면 좋겠지만 고양이 싸움만큼 재밌는
구경도 없고, 자기들끼리 힘을 좀 빼놔야 내가 덜 힘드니까.
그렇게 투닥거리다가 서로 사이가 틀어지면 모르겠으나 장난이 끝나면
서로 그루밍해주고 같이 포개어 자는 모습을 보면 어이가 없다.
그러니 리랑이는 정말 성격이 좋으면서도 못돼 처먹은 고양이다.

가끔 나오는
악마 고양이 표정.

이렇게 앉아서
쉬기도 하고.

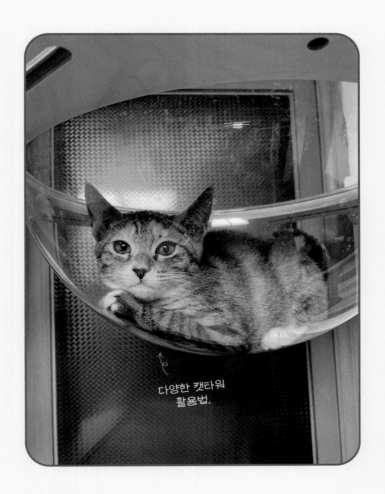

다양한 캣타워
활용법.

리랑이의 육묘일기

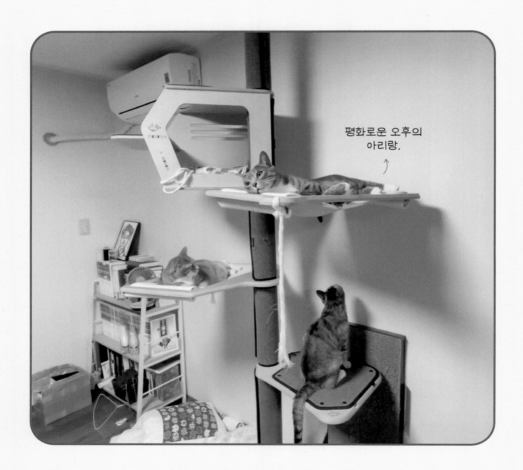

평화로운 오후의
아리랑.

리랑이의
꼬리가
살랑살랑
움직인다.

요건
뭐야!

그래,
놀아라.

아리는
머리가 좋다

최근에 들은 충격적인 얘기가 있다. 친구가 고양이와 같이 산 지 2년이
넘었는데 아직도 고향에 다녀오느라 3박 4일 정도 집을 비웠다 돌아오면
고양이는 하루 동안 자신을 피하고 하악질을 한다는 것이다. 뭐 물론
모든 고양이가 그러지는 않겠지만 그 이야기를 들었을 때 놀라웠다.
왜냐면 아리는 단 한 번도 그런 적이 없기 때문이다.

우리 집에 아리가 유일한 고양이이던 시절, 나는 아리를 두고 해외여행을
다녀었다. 짧게는 2주, 길게는 1달 정도 되는 기간(물론 그동안 아리를
돌봐줄 사람은 있었다)을 다니기도 했다. 여행을 마치고 집에 들어올 때마다
사실 나도 조금 긴장을 했었다. 하지만 그건 친구와는 조금 다른 결의
긴장이었다. 아리가 나를 못 알아볼 거라는 생각은 한 번도 해본 적 없다.
내가 긴장한 이유는 아리가 얼마나 삐져 있을까였다. 가끔 인터넷에서
오랜만에 만난 주인을 보고 세상 행복해하는 강아지 영상을 볼 때가
있다. 나에게는 마치 CG로 조작한 영상처럼 보인다. 저렇게 주인을
오랜만에 만나면 행복해하는 생명체가 있다니. 나는 혼나지 않을까
두려워하는데.

여행을 마치고 집에 돌아와서 아리와 마주치면 아리는 일단 말없이
나를 쳐다본다. 그럼 나도 긴장한 상태로 아리를 마주한다. 그럼 아리는
약간의 시간이 흐른 후 미친 듯이 울어댄다. 내가 깜짝 놀라서 아리를
쓰다듬으려고 다가가면 아리는 피하는 것이 아니라 앞발로 내 손을
'팍!' 하고 때린다. 내가 깜짝 놀라서 뒤로 물러나면 다시 울기 시작한다.
나에게는 마치 이 모습이 '어디를 싸돌아다니다 이제 기어들어 와!'
하는 것처럼 보인다. 이런 상황에서 사실 어떤 짓을 해도 아리는 풀리지
않는다. 그냥 시간이 해결해주길 바랄 뿐이다.
그렇게 짧으면 하루, 길면 2~3일 정도가 지나면 아리는 일상으로
돌아온다. 그동안에 나는 기분 풀어주겠다고 츄르도 주고, 캔도 까주고
온갖 아양을 떨어야 한다. 아리와 함께한 뒤로 여행을 갈 때 가장 먼저
신경 써야 하는 것은 돈이나 시간이 아니라 고양이가 되었다.

뭔가 할 말이 있는
눈치인데…

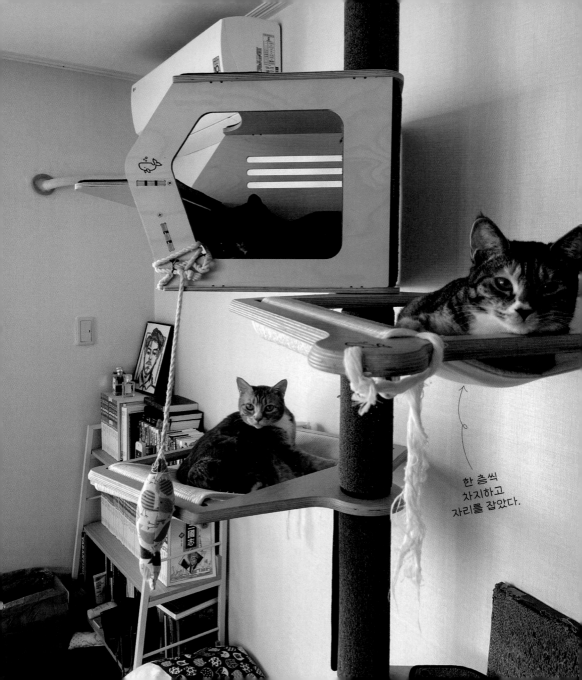

한 층씩
차지하고
자리를 잡았다.

당신은 분명
캣타워를 만들게 된다

고양이와 같이 살게 되면 가장 먼저 구분이 없어지는 것이 공간이다.
고양이는 영역 동물인데 자신의 영역이 집이라는 곳으로 한정되다 보니
최대한 모든 공간을 사용하려 한다. 호기심도 많아서 구석구석 다 들어가
보고, 앉아 보고 하니 남겨둘 공간도 없다. 그러다 보면 자연스럽게
고양이를 위한 공간이 내가 생활하는 공간과 중복될 수밖에 없는데
그중에서도 가장 큰 부분을 차지하는 것이 캣타워다.
높은 곳으로 다니는 것을 좋아하는 고양이들에게 캣타워는 필수인데, 그
캣타워의 부피가 대부분 엄청나게 크다. 그리고 어쨌든 고양이들을 위한
것이다 보니 '조금 더 좋은 거, 1개보단 2개' 하다 보면 꽤나 많은 공간을
차지하게 된다. 하지만 뭐 고양이들이 좋아한다면 그 정도는 큰 문제가
아니다. 문제는 캣타워를 조립해야 한다는 것이다.
요즘은 캣타워 업체도 많아졌고, 품질도 좋아져서 대부분 나무로
된 캣타워를 사용한다. 그러다 보니 스스로 조립해야 하는 제품들이
많아졌다. 제품에 따라 난이도는 천차만별이겠지만 기본적으로 원목을
선택했다면 일정량 근육을 미리 키워두기를 진심으로 충고하는 바이다.
캣타워를 만드는 동안에 고양이들이 박스에 들어간다든가 옆에서
얼쩡거리기 때문에 혹여나 무거운 원목 부품에 깔리지 않을까 걱정해야
하는 것은 추가 옵션이다.

캣타워에서
창밖을 구경할
수 있도록
배치하면 좋다.

고양이를 위한 인테리어

고양이는 높은 곳을 좋아한다. 아무리 넓은 집이라도 평평한 공간이 넓다한들 고양이들은 신나하지 않는다. 최대한 위로 올라갈 수 있는 공간을 만들어줘야 하고 그 높은 곳에 앉아서 인간을 깔볼 수 있는, 아니 관찰할 수 있는 공간을 만들어주는 것이 중요하다. 그러다 보니 캣폴과 캣타워를 집안 곳곳에 놔주는 것이 좋다. 한군데에만 몰아서 놔두는 것보다 집안 곳곳에 고양이가 올라갈 수 있는 공간을 만들어줘야 한다. 영역 동물인 고양이들은 각자의 공간을 가지고 그곳에서 자신만의 시간을 가지는 것을 좋아하기 때문이다.

고양이들은 높은 곳에서 무엇인가를 관찰하는 것을 좋아한다. 그렇게 구경하는 것이 일종의 고양이들만의 영화관 같은 재미이기도 해서 가능하면 가장 넓은 창문에 캣타워를 설치해 바깥을 보게 해주는 것이 좋다. 사실 거실에 큰 캣타워를 설치하는 것이 무엇이 대수랴. 애들이 좋아한다면 그럴 수도 있다. 다만 가끔 내가 화가 나는 포인트가 있다. 첫 번째는 바깥에서 집을 보게 되면 고양이를 키우는 집이라고 홍보하는 꼴이 된다. 인간이 쓸 일 없는 큰 가구가 거실 창문 쪽에 떡하니 있으니 사람이 고양이처럼 사는 게 아닌 이상 '저 집에는 고양이가 살고 있겠구나'라고 생각하게 된다. 그게 이상하게 화가 난다. 두 번째는 집에 오는 모두가 "어이구, 고양이 집에 사람이 얹혀 사네"라고 얘기한다는 것이다. 현관문을 열고 들어오자마자 보이는 것이 큰 캣타워들이다 보니 고양이를 키우지 않는 사람 입장에서는 매우 생소할 것이다. 나는 사실 크게 불편하지도 않고 애들이 좋아하니 불만도 없는데 괜히 그런 소리를 들으면 "아니야!"라고 외치며 항변하게 된다.

그래서 가끔 그냥 내가 쓸까라는 생각을 하기도 하지만 곧바로 정신줄을 다시 잡는다.

아침밥을 대하는
아리랑이들의 태도

함께 사는 고양이가 3마리면 마치 3개의 세상을 동시에 사는 것 같다.
각자 반응도 다르고, 성격도 달라서 하나로 통일해서 맞춰줄 수 있는
것이 거의 전무하다고 봐야 한다. 하지만 그중에서도 딱 하나 모두가
동시에 하는 것이 있다면 아침밥이다.

직장인들처럼 빨리 일어나지 않는 나에게, 알람은 항상 아리랑이들
담당이다. 고양이들 세계에서도 귀찮은 일은 막내 차지인 것인지 아니면
자신이 막내라서 사랑받는다는 자각이 있어서인지는 모르겠지만 항상
아랑이가 와서 머리로 내 얼굴을 툭툭 치며 깨운다. 그럼 나는 눈을
비비며 일어나서 곧장 부엌으로 향하는데 이때는 마치 피리 부는 사나이
고양이 버전처럼 고양이 3마리가 모두 내 뒤를 졸졸 따라온다. 하루
중 유일하게 캔을 까주기 때문에 아리랑이들에게도 가장 맛있는 식사
시간이기도 하다.

이때 각자 밥을 기다리는 자세도 다 다른데, 일단 리랑이는 밥에 별 관심
없지만 다 같이 가니까 따라온다는 느낌으로 기다린다. 부엌에서 살짝
떨어져서 식빵 자세로 뚱하게 쳐다보고 있다. 아리는 부엌 가까운 쪽에서
가장 연장자답게 차분하게 앉아 있다. 몸은 올곧지만 눈빛으로는 빨리
달라는 의견을 강하게 피력하며 나를 뚫어져라 쳐다본다. 아랑이가 제일

흥분하는데, 맛있는 것을 먹을 생각에 몸을 이리 굴리고 저리 굴리고
부엌 위로 앞발을 뻗어서 기지개도 켠다. 그러는 와중에 올곧게 앉아
있는 아리에게 다가가 얼굴을 비비적거리기도 하는데 그 모습이 말도
못하게 귀엽다. 평소 스킨십을 싫어하는 아리도 왠지 모르게 아침밥을
기다릴 때는 마음이 넓어지는지 아랑이의 스킨십을 다 받아줘서
아랑이가 이때 유일하게 아리에게 치근덕거린다.
밥 먹는 속도도 다르다. 일단 아랑이가 가장 빨리 먹는다. 그리고 리랑이,
아리 순이다. 리랑이의 속도는 크게 중요하지 않다. 어차피 본인 것도
다 먹지 않고 남길뿐더러 다른 고양이들의 밥은 관심도 없다. 하지만
아랑이는 후다닥 자신의 것을 먹은 후 남의 것을 탐하는 먹성을 가졌기에
가급적 아랑이가 다 먹으면 바로 아랑이를 안아서 다른 자리로 옮긴 후
놀아준다. 그럼 아랑이는 또 먹는 걸 잊어버리고 신나게 논다.
그러는 동안 리랑이는 만족스러운 아침 식사를 끝내고 잠을 청하러
가고, 아리도 천천히 식사를 마친다. 아리까지 자신의 잠자리로 돌아가면
아리랑이들의 아침식사가 끝난다.
그리고 나서야 나는 아침을 먹을 수 있다.

고양이들도 표정이 있을까?

우리
닮았나요?

코로나 팬데믹 상황이 아이들의 교육에도 좋지 않다는 의견을 들었다.
아이들은 사람들의 표정을 보면서 감정을 배운다. 자신이 나쁜 말을 했을
때 사람들의 표정이 안 좋거나 구겨지면 '이런 말을 하면 안 되는구나',
'이런 말을 할 때 사람들이 싫어하는구나' 등을 배우며 사회화를 한다.
하지만 모두가 마스크를 쓰고 있어서 그 표정들이 잘 드러나지 않으니
아이들이 성장 과정에서 그 부분을 배우지 못한다는 것이다.
고양이와 삶을 공유하지 않고 있는 사람들은 믿지 않을지도 모르지만
고양이들에게도 표정이 있다. 물론 얼굴 근육이 인간에 비하면 턱없이
부족해서 다양한 표정을 지을 수는 없지만 불행히도 상황에 맞는 표정을
지을 줄 안다. 그래서 울음소리와 표정을 보면 대략 이 친구들이 무엇을
원하는지 안타깝게도 알 수 있다.
표정이 근육과 관련이 있다는 것은 리랑이를 보면 100% 납득할 수

있다. 리랑이는 얼굴 근육도 많은지 아리랑이들 중에서도 표정이 가장 다양하다. 실사 이모티콘을 제작할 당시에 같이 작업하던 작가님이 "리랑이는 이모티콘을 위해서 태어났어요"라고 말할 정도로 풍부한 표정들을 잡아낼 수 있었다. 놀라는 표정부터 시작해서 화난 표정, 궁금해하는 표정, 잠 오는 표정, 뾰루퉁한 표정 등 리랑이는 정말 표정이 변화무쌍하다.

반면 아리의 경우는 표정을 다양하게 지을 일이 없었던 것 같다. 내가 입대와 해외 생활을 하면서 동생이 잠시 돌봐주었을 때도, 그리고 다시 나랑 살 때도 외동이었던 아리는 주변에서 원하는 건 미리 다 갖다주었다. 혹은 조금만 울어도 "왜? 왜?" 하며 알아서 집사들이 최선을 다해 보필했었다. 그래서인지 아리는 평소에는 거의 무표정하다. 그러다 가끔 마음에 안 드는 것이 있으면 노려보며 낮게 살짝 울거나, 혹은 화난 얼굴로 째려보고 있다. 그런 표정을 보이면 나는 뭐가 불편하신지 열심히 알아본 다음 해결해줘야 한다. 심지어 아리는 애교를 부리거나 꾹꾹이를 할 때도 마치 '귀찮지만 내가 먹고살려니 이런 짓까지 해야 하나' 같은 표정이라서 그 모습이 그렇게 하찮고 귀여울 수가 없다.

아랑이의 경우 아직 태어난 지 1년도 되지 않은 아이인지라 그저 해맑고 무슨 소리만 나면 '재밌는 거?!' 같은 표정만 보여준다. 사실 아리나 리랑이는 이 나이 때쯤에 이미 고양이 티가 나서 조금 무뚝뚝하거나 멍한 표정을 잘 짓고는 했는데 아랑이는 무슨 일인지 몸만 부쩍부쩍 크고 아직도 아기 고양이 같은 표정만 짓고 있다. 그르렁거리거나 꾹꾹이를 할 때조차도 눈을 질끈 감고 아기처럼 최선을 다한다.

어떻게 이렇게 3마리 고양이가 조금의 공통점도 없이 다 다른지. 피곤하면서도 신기한 일이다.

고양이들과
이사하기란

현대 사회에서 이사라는 것은 설렘 1스푼 그리고 스트레스, 걱정, 엄청난 돈, 각종 서류, 대출 1바가지 정도라고 볼 수 있다. 거기에 나 같은 경우에는 플러스 고양이들에 대한 염려까지.

처음 아리와 이사를 했을 때만 해도 사실 큰 문제는 아니었다. 아리가 조금 괴롭기는 하겠지만 넓은 이동장에 모셔 차에 잠시 두고 나는 후다닥 짐을 대충이라도 옮긴 다음 새로운 집에 아리를 일단 풀어주면 되었다. 이때 조금의 팁을 주자면 고양이가 도망가 숨을 수 있는 곳을 미리 만들어두면 좋다. 가구도 별로 없고 어수선한 상태일 테니 고양이가 몸을 숨기되 바깥을 볼 수 있는 숨숨집이나 혹은 그런 비슷한 구조물을 1~2개 정도 만들어두면 고양이는 그쪽으로 가서 몸을 숨길 것이다. 하지만 고양이가 2마리라면?

아리, 리랑이와 함께 이사할 때 나의 실수로 이삿날이 얽혀서 부득이하게 호텔에서 하룻밤을 지내야 했다. 부랴부랴 반려동물이 지낼 수 있는 곳을 알아봐야 했고 겨우 이사할 곳과 멀리 떨어지지 않은 곳에 방을

구해서 하룻밤을 머물렀다. 새로운 환경으로 거주지를 옮기는 것도
고양이들과 나에게 매우 신경이 날카로워질 일이건만, 심지어 내일이면
떠날 공간에서 하루를 머물러야 한다니. 리랑이는 그 특유의 성격으로
처음에는 조금 낯설어했지만 그래도 이곳저곳 구경 다닐 만큼은 되었다.
하지만 아리는 구석에 들어가 나올 생각도 하지 못하고 밥도 겨우 먹는
둥 마는 둥 하며 이 힘든 공간과 시간을 버티고 있었다.
지옥같이 힘들고 긴 시간이 지난 다음 날, 부랴부랴 둘을 챙겨서 차에
실은 후 새로운 집으로 출발했다. 엘리베이터가 없는 4층 집을 마치
에베레스트 정상을 바라보는 기분으로 올려다보다가 아리, 리랑이
순으로 낑낑거리며 데리고 올라갔다. 그리고 당연히 며칠간의
숨 막히는 탐색전을 겪은 뒤 이제는 아랑이까지 포함하여 우리의 편안한
보금자리가 되었다.
때때로 아랑이를 보며 소름이 돋고는 한다. 다음 이사할 때는 고양이가
3마리구나. 고양이 포장 이사는 없나?

고양이들과
하는 이사 풍경

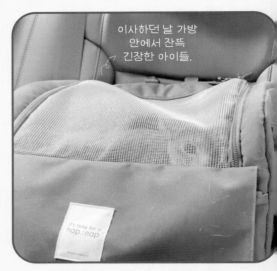

이사하던 날 가방
안에서 잔뜩
긴장한 아이들.

가방을 열어도
움직이지 않는
아리.

바로 뛰쳐나가
탐색하는 리랑.

짐을 옮길 동안
리랑이는 적응 중.

긴장한 아리는
침대 밑으로
숨었다.

고양이들
다 망해라

불을 켜자 다급히
사라지는 고양이들.

모른 척하는
아리와 리랑이.

갑자기
애교 부리는
아랑이....
수상한데?

이 상황에 궁디팡팡
요구하는 리랑이.
(이걸 해주네.)

아리야
애들 좀
말려주지 그랬어.

그래…,
내가 치워야지. 뭐….

동물병원에서
아리랑이들

병원이라는 곳은 그저 기쁜 일만 가득한 곳은 아니다. 아기가 태어나거나
병이 회복되거나 하는 좋은 소식을 들을 때도 있겠지만 병원에는
대부분 걱정, 아픔, 불안이 감돈다. 그래도 인간은 병원이 어느 정도
익숙하기도 하고 심각한 일만 아니라면 적당한 긴장감으로 방문할 수
있지만, 고양이들은 병원을 지옥 체험처럼 느끼는 것 같다. 일단 병원을
향해 출발하는 과정부터 병원으로 데려가려는 자와 거부하는 고양이의
사투가 시작된다.

평소에는 둔하고 그다지 영특해 보이지도 않던 것들이 이상하게
병원을 가려고만 하면 이동장을 꺼내는 순간부터 귀를 기울이고 눈을
번쩍이면서 슬금슬금 도망치려 한다. 그리고 천천히 다가가면 줄행랑을
치며 구석에 숨는다. 일단 잡아서 이동장에 넣으면 사실 절반의 성공이라
볼 수 있다. 물론 그동안 할퀴거나 물거나 때로는 너무 겁에 질려 소변을
보는 경우도 발생하니 너무 놀라지 말자.

아리랑이들은 놀랍게도 병원에서의 반응도 매우 제각각인데, 심지어
평소 모습과는 다른 예상 밖의 반응을 보인다. 먼저 가장 난리를

부리며 물고 하악질할 것 같은 아리는 병원에 도착 후 이동장에서
나오는 순간부터 얼어서 아무것도 하지 않는다. 그저 가만히 앉아서
이 모든 사태가 빨리 끝나기만을 바라며 눈을 꼭 감고 있는 아이
같은 느낌이랄까. 그래서 병원을 갈 때마다 모든 사람들이 아리가
너무 착하다며(심지어 주사를 놔줄 때도 가만히 있는다) 아리를 이뻐한다.
그때마다 나는 겨우 억지로 "하하" 웃을 뿐 한 번도 "맞아요, 우리 아리
착해요"라는 거짓 반응을 해준 적은 없다.

리랑이는 특유의 친화력과 성격 좋은 고양이의 면모를 보여주며 큰
문제가 없을 것 같지만, 셋 중에서 가장 크게 울어 젖히며 짜증을
부린다. 수컷에다가 근육도 많은 고양이라 리랑이가 오면 수의사도 남자
선생님으로 바뀌고 테크니션분도 남자분으로 바뀐다. 하지만 리랑이는
짜증이 심하긴 해도 소리만 지를 뿐 사실 몸으로 엄청 반항을 한다거나
물거나 하지는 않는다. 아무래도 모르는 사람과 낯선 공간 탓에 그렇기도
하겠지만, 어쨌거나 이 일련의 과정이 끝나면 집에 간다는 것을 어느
정도 깨달은 것 같다. 그래서 실컷 짜증은 부리되 온힘을 다해 반항은
하지 않는 느낌이랄까.

아랑이가 가장 의외인데, 우리 집에서 덩치도 가장 작고 성격도 가장
좋아서 어떤 고양이, 어떤 사람과도 잘 어울리는 아랑이는 병원에 가면
마치 헐크로 변하는 것 같다. 어디서 그런 힘이 나오는지 하악질을
하며 온몸을 뒤틀고 반항하는 모습을 보고 있자면 마치 아리의 성격에
리랑이의 몸을 가진 괴수 고양이가 된 듯하다. 그런 모습을 보면서 나는
속으로 '그럼 그렇지. 니가 아무리 착한 척해봐야 고양이지' 같은 생각을
여러 번 했더랬다.

물론 집으로 돌아오면 여전히 가장 착하고 애교 많은 아랑이지만.

우리만의 규칙

가족 사이에도 규칙은 있다. '쓰레기는 쓰레기통에, 귀가 시간을 어기지 말 것, 아침은 꼭 다 같이 먹는다' 하는 암묵적인 룰이 집안마다 있기 마련이다. 남자의 경우 군대를 가면 10~20명 정도와 같이 먹고 자게 되는데 그런 공간에서 규칙은 헌법과 같다. 대학교의 기숙사도 마찬가지며, 나 같은 경우 이탈리아의 셰어하우스에서 지낼 때도 규칙이 매우 중요한 것이었다. 고양이도 예외가 될 수 없다.

아리와 나는 이미 서로 정해진 규칙이랄까, 서로 알고 있는 습관이 많기 때문에 딱히 새롭게 무엇을 정할 필요가 없다. 이사를 가더라도 서로의 루틴을 알기 때문에 금방 익숙해진다. 하지만 리랑이가 들어오고 아랑이까지 들어오면서 우리 집은 꽤나 많은 부분을 바꿔야 했고 새로운 규칙들을 만들어야 했다.

가장 중요한 것 중 하나는 바로 잠자는 위치였다. 아리는 평소에 나에게 잘 붙어 있으려 하는 고양이는 아니다. 대부분의 시간을 혼자 있는 것을 좋아한다. 물론 그렇다고 구석에 숨거나 그런 것은 아니고 어디든 자기 시선에 내가 보이는 곳에서 날 항상 감시한다. 그러다 내가 방문을 닫거나 혹은 본인 시야에서 사라지면 당장 나타나라며 울기 시작한다. 다시 자신의 시야에 내가 들어오면 또 가까이 오거나 하지는 않고 떨어진 곳에서 자거나 논다. 그런 아리가 나에게 꼭 붙어 있을 때는 내가 자려고 침대에 누웠을 때다. 이유는 정확히 알 수 없지만 아리는 내가 샤워하고 나와서 침대에 누울 때까지 꼭 붙어서 떨어질 줄을 모른다. 내가 침대에 누우면 나의 팔을 차지하고 내 곁을 떠나지 않는다. 그렇게 아리는 내 팔을 베고 잠들기를 몇 년째 계속해왔다. 하지만 리랑이가 들어오고 나서 바로 그 자리가 위협을 받기 시작한 거다.

리랑이도 나와 같이 자고 싶으니 침대에 올라와 나에게 가까이 오면

아리는 꺼지라는 듯 울며 승질을 낸다. 리랑이도 평소처럼 장난치려는
것이 아니라 같이 자고 싶은 것뿐인지라 살짝 실망한 표정을 지으며 침대
밑으로 내려가고는 했다. 그게 마음 아파서 그 다음부터 나는 리랑이를
들어올려 내 발 쪽으로 항상 데려다 놨다. 처음에 아리는 그것도
못마땅해 했지만 수일을 반복하고 나니 그 자리를 인정해주는 듯했고
리랑이도 그 자리가 마음에 든 것 같았다. 내가 침대에 누우면 아리는
오른쪽 팔을 베고, 리랑이는 다리 쪽에 누워 같이 자기 시작했다.
아랑이가 들어오자 또 이 과정을 반복해야 했다. 하지만 의외로
아랑이와는 긴 시간이 걸리지 않았는데, 리랑이보다 눈치가 있어서인지
아니면 이미 언니와 오빠가 너무 확고하게 자리를 잡고 있는 게
무서워서였는지 아랑이는 눈치껏 비어 있는 내 왼쪽 옆구리에 자리를
잡고 거기서 자기 시작했다. 그래서 내가 누우면 오른쪽 팔은 아리,
양다리 사이에는 리랑, 왼쪽 옆구리에는 아랑이가 붙어서 잔다. 즉, 매번
나는 조금도 움직일 수 없게 고양이들로 포박된 채로 잠들어야 했다.
책을 읽거나 넷플릭스를 보려 해도 반 차렷 자세로 겨우 손가락들만
움직이면서 봐야 했고, 조금만 크게 뒤척여도 아리는 짜증 내고 리랑이는
꿈쩍 안 하며 아랑이는 가슴팍에 올라와 꾹꾹이를 하고는 했다.
그러다 겨우 잠들고 일어나면 더 열받게도 내가 자는 동안 얘네는
자기들에게 가장 편한 곳으로 이동해서 두 다리 쭉 뻗고 잘 자고 있는
거다.

팔을 베고 잔다는 건
말 그대로 팔을 베고
잔다는 뜻이다.

늘
아기같은
리랑이.

아리랑 평범한 나날

아리는
팔베개를
좋아한다.

발베개도
좋아한다.

아리가 좋은 리랑이.
귀찮은 아리.

자주 붙어 있는
리랑이와 아랑이.

달콤살벌 일상다반사

Part

02

아리

물리는 것은
나의 숙명.

아리랑이들은 정말이지 놀랍도록(어쩌면 당연하게도) 하나하나 성격이 너무 다르다. 인간도 각자 성격이 천차만별로 다르니 고양이도 당연히 그러겠지 싶으면서도, '이렇게까지 다를 수가 있나'라는 생각이 들 때가 한두 번이 아니다.

아리는 전형적인 고양이의 성격이다. 시크하고, 예민하고, 혼자 있는 것을 더 좋아하며 그러면서도 때때로 애교를 보여주기도 한다. 피로 이어진 사이는 아니지만 아리랑이들 중에서 첫째로서의 중후함도 가지고 있다. 그래서 리랑이와 아랑이도 아리를 무서워하지만 동시에 끊임없이 아리에게 치대며 놀자고 조른다. 때때로 아리가 그루밍이라도 해주면 매우 행복해한다.

이런 아리에게 무엇인가를 가르치거나, 혼을 내기란 거의 불가능에 가깝다. 누가 뭐래도 자기가 이 집의 왕처럼 보이는데, 무슨 훈육이 먹히겠는가. 다만 서로 약속을 한다랄까? 나의 기호를 떠나서 아리가 어떤 행동을 했을 때 아리에게 위험한 행동이 있다. 예를 들면 문밖을 기웃거리는 것. 그럴 때는 매우 강하게 혼을 낸다. 그럼 평소에 내가 화를 내지 않는다는 것을 아는 아리는, 내가 그 정도로 화내는 것에는 거의 대부분 수긍하는 편이다.(혹은 하더라도 엄청 눈치를 본다거나.)

반대로 아리는 나에게 평소에 무엇을 많이 요구하는 편은 아니지만 몇 가지 해줘야 하는 것들이 있다. 예를 들어 내가 샤워하고 나오면 아리는 꼭 나와 함께 자신의 밥을 먹으러 가야 하고 그때 나는 아리의 등을 쓰다듬어줘야 한다. 그렇게 아리와는 서로 약속을 만들어간다. 그렇기 때문에 아리는 사실 집에서 크게 문제를 일으킨다거나 무엇을 깬다거나 하는 일은 거의 없다. 나와 아리 사이에 만들어진 약속만 잘 지켜진다면 말이다. 역시 첫째다운 느낌이다.

리랑

리랑이의 지금 성격을 보고 있자면 나의 잘못이 많이 떠오른다. 아리와 함께 단둘이 10년을 보내고 나니, 아기 고양이에게 어떻게 해줘야 하는지를 다 까먹었던 것이다. 그래서 지금 돌이켜보면 나는 리랑이에게 실수를 참 많이 했던 것 같다. 그리고 아리와 합사하는 과정에서 처음 보는 아리의 모습, 스트레스 받아 하는 모습을 보며 죄 없는 리랑이를

탓하기도 했다. 물론 지금 리랑이는 매우 잘 커주었고 성격도 좋지만,
지금보다 더 구김살 없이 클 수 있지 않았을까 가끔 되돌아보고는 한다.
리랑이는 전형적인 철없지만 착한 남동생의 성격이다. 약간 제멋대로고,
노는 것 좋아하고, 무엇보다 말이 많다. 우리 집 고양이들 중 말이 가장
많은 고양이는 단연코 리랑이인데, 어느 정도냐면 아리와 아랑이가
일주일 동안 말할 것을 리랑이는 2~3일 안에 다 말한다. 밤새 떠들기도
하고, 심하게 놀다가 아랑이한테 하악질을 당하기도 한다. 하지만 그런
행동이 다 용서될 만큼 리랑이는 매우 성격 좋은 고양이다.
아랑이가 처음 왔을 때도 첫날부터 같이 붙어서 잠을 잤는데 지금도
여전히 리랑이와 아랑이는 붙어서 잔다. 또한 그렇게 아리한테
까이면서도(?) 여전히 아리가 잘 때 옆에 조용히 가서 조금 떨어져서
잔다거나, 어떻게든 아리에게 환심을 사보려고 노력 중이다. 그런
리랑이를 나는 강하게 훈육하는 편이다. 일단 기본적으로 우리 집
고양이들 중에 힘이 가장 세고, 덩치도 가장 크기 때문에 리랑이를
제압할 수 있는 것은 우리 집에서 사실상 나밖에 없다. 그러다 보니
리랑이가 잘못하거나, 자칫 심하게 장난쳐서 아랑이가 다치거나 아리가
너무 스트레스 받는 것 같으면 내가 출동한다. 그럼 똑똑한 리랑이는
내가 자리에서 일어나는 기척이 느껴지자마자 하던 장난을 그만두고
바로 가장 구석진 방, 제일 구석 자리로 도망친다. 그러면서 내가 다시
자리로 돌아갈 때까지 지켜보고 있다가 내가 다시 씩씩거리며 자리로
돌아가면 곧바로 아리나 아랑이한테 장난치자고 달려든다. 그럼 나는
다시 "일루와!" 하면서 뛰어가고 리랑이는 또 숨는다. 이렇게 몇 번
반복을 하면 리랑이는 지쳐서 포기하고 누워 잠을 청한다.
정말 없던 남동생이 생긴 것 같은 기분이다.

아랑

나는 특별히 누군가를 부러워하는 성격은 아니다. 각자의 스타일이 있다고 믿고, 각자의 장단점들이 있으니 '아, 나도 저 사람 같으면 좋겠다'라고 생각해 본 적은 매우 드문 것 같다. 그럼에도 매우 드물게 그렇게 부러운 사람이 나타나는데, 내가 부러워하는 그런 사람의 특징은 흔히 말하는 '구김살 없는' 유형의 사람이다. 세상 모두가 자신을 사랑해준다고 믿고, 자신도 세상의 모두를 사랑해줄 수 있다고 믿는 성격. 정말이지 모두에게 다른 의도 없이 순수한 친절을 베풀 수 있는 성격.

아랑이가 그러하다. 아랑이가 우리 집에 들어왔을 때는 내가 리랑이를 키우면서 많은 시행착오를 겪은 이후였다. 즉 이제 아기 고양이에 대한 지식도 쌓였고 무엇보다 많은 장비(?)들이 생겼으니, 아랑이는 말 그대로 사랑으로만 키웠다. 거기에 아랑이 본래의 성격도 더해져서 모든 생명체에게 친절하고 애교 많고 사랑을 나눠주는 고양이가 되었다. 오죽하면 평소 엄청나게 많은 고양이를 만나고 다녔을 <동물농장> 스태프들이 집에 왔을 때, 오자마자 뺨을 비비는 아랑이를 보며 "도대체 이런 고양이가 세상에 또 어디 있나!"며 감탄을 했을까.

아랑이는 집에 누가 들어오든 개의치 않는다. 아니 개의치 않는 수준이 아니라 새로운 사람이 오면 호기심이 동하여 더욱 가까이 붙어 쓰다듬어 달라고 머리를 들이미는 수준이다. 이런 아랑이에게 어떤 훈육이 필요하겠는가. 그저 위험한 일만 못하게 하는 정도일 뿐. 아랑이는 장난감을 던져놓으면 혼자서도 잘 논다.

누군가의 말처럼, '개도 이러지는 못 한다'.

고양이 목욕시키기

나는 하루에 샤워를 최소 2번, 많게는 3번씩 하기도 한다. 과장이 아니다. "왜 샤워를 3번이나 해?"라고 묻는다면 나에겐 다 이유가 있다. 먼저 운동을 하면서 혹시나 냄새가 날까 봐 운동을 가기 전에 일단 샤워를 한다. 그리고 당연히 운동을 다녀와서 외출 준비 겸 샤워를 한다. 그리고 하루 일과가 끝난 후 취침 전 샤워를 한다. 여기서 중요한 점은 샤워를 많이 한다는 것이 아니다. 샤워를 많이 할 수 있는 건 샤워하는 것이 쉽기 때문이다. 내가 샤워를 하면서 스스로를 할퀸다거나, 물을 피한다거나, 엄청 큰 소리로 울부짖는다면 샤워를 하루에 3번 할 수 있을 리 없다. 그래서 아리랑이들은 1년에 겨우 1번 혹은 많이 하면 2번 목욕을 시킨다. 전설의 포켓몬처럼 아주 드물게 물을 좋아하는 고양이들에 대한 이야기가 인터넷에 올라오고는 하지만, 그것은 먼 나라의 얘기일 뿐. 고양이와 사는 대부분 사람들에게 '고양이 목욕'이란 '각오하고 피를 흘리는 날'과 동의어로 사용된다.

아리랑이들은 이상하게 성격과 물의 혐오도가 반비례하는 편이다. 사실 예전에 힘이 넘칠 때의 아리도 지금의 리랑이와 아랑이에 비하면 얌전했던 듯싶다. 더구나 이제 12살이 된 아리는 물을 끼얹으면 짜증 섞인 목소리로 우는 정도로 참아준다. 물론 노련하게 기회를 보다가 도망을 가기도 하지만 아리랑이들 중에서 목욕에 가장 협조적이라 할 수 있다. 그리고 리랑이와 아랑이는 물을 끼얹으면 거의 불에 데인 것처럼 행동한다. 실제로 불에 데여도 이것보다는 침착할 것 같은데. 특히 성격이 가장 좋고 항상 밝아 보이는 아랑이는 물을 끼얹으면 놀랍게도 작은 악마로 돌변한다. 누구보다 흉폭하고 누구보다 시끄럽고 누구보다 물을 싫어한다. 마치 몸에 물이 닿지 않는 조건으로 착한 성격을 선물 받은 고양이 같다.

고양이 목욕 시키는 팁은 인터넷에 매우 많다. 바닥에 수건을 깔아줘라, 물줄기를 약하게 해라, 물려줘라(?) 등 정말 많은 팁이 있다. 하지만 개인적인 생각을 피력해보자면, 고양이와 함께 사는 인간이 크게 예민한 성격이 아니라면 목욕을 시키지 않는 것이 가장 좋다고 생각한다. 요즘은 고양이 목욕용 물티슈도 매우 잘 나오고 있고, 무엇보다 고양이는 원래 깨끗한 동물이다. 하루 동안 고양이를 관찰하고 있으면 3분의 2는 자고 있고 3분의 1은 그루밍을 하고 있을 것이다. 그러니 굳이 무리해서 목욕을 시킬 필요는 없다.

다만 나처럼 냄새에 민감하거나, 먼지 구덩이에서 뒹구는 것을 두 눈으로 똑똑히 보았는데 그 몸으로 내 침대 위를 들락날락거리는 고양이 새… 아니 고양이 친구들을 보는 것이 유쾌하지 않다면 주기적으로 목욕을 시켜야 할 것이다. 그때 나만의 팁은 간단하다. 잔머리 굴리지 말고 그냥 피 흘리며 최대한 빠르게 끝내는 것이 가장 단순하고 좋은 방법이다.

아이들과 놀아주기

아리랑의 부모는 물론 각자 다르다. 집에서 같이 사는 가족이라지만 나를 포함해 모두 다른 부모의 유전자를 받았으니 각자 다른 성격을 가질 수밖에 없다. 이렇게까지 각자 성격이 다른 4마리(고양이 3마리+나)가 같이 살다 보니 놀아주는 것도 각자 다른 방식으로 놀아줘야 한다.

여기서 굳이 놀아줘야 하는가에 대한 의문이 있을 수 있다. 물론이다! 고양이는 사냥 본능이 생각보다 강하게 남아 있어 이것을 적당한 놀이 방법으로 풀어주지 않으면 불만이 쌓여 여러 문제 행동이 나타날 수도 있다. 그러니 하루에 적정 시간을 내어 고양이들과 놀이 시간을 가지는 것이 삶의 질을 높이는 일이다. 이는 또한 주인의 삶의 질도 올려주는데, 아이들을 낮에 빡세게 놀게 해주면 밤에 잘 자듯이, 고양이도 사냥 놀이를 실컷 해주면 야행성임에도 기절하듯 자는 모습을 볼 수 있다.

아랑이 같은 경우는 놀아주는 맛이 나는 편이다. 낚싯대를 손에 잡자마자 눈이 동그래지며 '시작하는 거야?' 하는 눈빛으로 쳐다본다. 그리고 손목 스냅이 살랑이는 파도처럼 조금만 가해져도 곧장 달려와서 사냥 놀이를 시작한다. 그렇기에 아랑이는 놀아줘야겠다는 마음만 먹었다면 어려운 부분은 전혀 없다. 어려운 점을 딱 한 가지 꼽자면 아랑이는 지치지 않는다. 정말 젊음이 좋다는 것을 아랑이를 보면서 느낀다. 아리는 물론이고, 혀까지 내밀며 뛰어놀던 리랑이도 조금 놀고 나면 지치는데 아랑이는 과장 없이 한 시간을 뛰어놀았더라도 잠시 앉아서 숨 좀 고르고 나면 금방 다시 뛰어다닌다. 그래서 아랑이와 놀아줄 때는 '뭐, 한 10~15분 정도 놀아줄까?' 같은 어줍잖은 마음으로 시작할 수 없다. 그렇게 짧게 놀아주면 실망하는 아랑이의 얼굴을 마주해야 하기 때문이다.

아리는 정확히 자신이 놀고 싶을 때를 알리는 편인데, 사냥 본능이

가득한 목소리로 "와웅!" 하고 울 때가 있다. 그때 아리를 쫓아다니면 신나게 우다다 내달린다. 혹은 낚싯대를 휘두르면 열심히 잡는 편이다. 다만 나이가 있다 보니 아랑이처럼 마구 뛰어다니기보다는 한자리에 앉거나 누워서 낚싯대가 오기를 기다린다. 그래서 아리와 놀아줄 때는 내가 더 많이 움직이는 편인데, 누워 있는 아리에게 낚싯대를 열심히 드리우고 이리저리 휘둘러줘야 하기 때문이다. 그래도 그렇게라도 열심히 운동하는 아리를 보며 다행이라는 생각이 든다.

리랑이는 정말 희한하게도 낚싯대에는 크게 반응하지 않는다. 아주 가끔 빠르게 이리저리 던지면 후다닥 올 때도 있지만 오래 놀거나, 큰 관심을 가지는 편은 아니다. 리랑이는 오직 살아 있는 것에만 관심을 보인다. 그래서 놀고 있는 리랑이를 내가 쫓아가며 사냥 놀이를 하는 경우가 많다. 아리에게 치근덕거려서 아리가 짜증을 낼 때 내가 리랑이에게 달려가면 그때 같이 뛰어다니며 놀기도 한다.

리랑이의 '상위 1%에 속하는 근육량을 가진 고양이' 타이틀을 유지하는 방법은 바로 그것이었다. 오로지 실전만을 원하는 호전성. 휘두르는 낚싯대, 영혼 없는 장난감 따위에 나의 근육과 집중력을 쓰지 않겠다는 의지. 기어코 아랑이를 잡아 넘어트려서 하악질 소리를 듣겠다는 열망. 아리가 싫다고 3년째 얘기하고 있지만 기어코 다가가서 심기를 건드린 뒤 내가 쫓아오면 그 긴장감을 느끼며 달리겠다는 집요함.

영원히 철들지 않는 둘째로 남을 것 같다는 불길한 예감이 든다.

파닥파닥 고양이

고양이에게 아쿠아리움을 만들어주었다!

고양이들과
기부하기

아리와의 일상을 유튜브 영상으로 올리다가 구독자 10만 명을 달성했을 때를 기억한다. 여전히 이것이 어떤 의미인지, 어떻게 성장해 나갈지 조금도 생각하지 못했던 때다. 어떤 형태로든 축하는 하고 싶은데 내가 10만 명에게 일일이 하나씩 무엇인가를 해줄 수는 없다 보니, 모두가 다 같이 바라보는 방향으로 축하하고 싶었다. 그것이 기부였다. 그렇게 20, 30, 40만 명이 될 때까지 지속적으로 기부를 하였고 이제는 굳이 구독자 수와 상관없이 기회가 닿을 때마다 기부를 하고 있다.

여전히 나는 유튜브에서 일어나는 많은 일들이 나의 것이 아닌 듯한 기분을 받는다. 거기서 생기는 수익, 관심 등이 마치 내가 가져서는 안 되는 것을 가진 기분이랄까? 그러다 보니 그 기분을 떨쳐내기 위해 내가 가진 것을 떨쳐내는 것 같다. 그 행위 중 하나가 기부다. 그리고 그게 나쁘지 않은 순환고리라는 생각도 든다. 영상을 시청하는 사람들에게 무엇인가를 더 요구하지 않아도 되고, 그들은 영상을 시청함으로써 다른 사람에게 기부할 수 있으니까.

한때는 고양이 단체에만 기부를 했다. 실제로 많은 길고양이들이
어려움에 처해 있고 그 어려움은 인간들의 불편함으로 귀결된다. 그러니
그들을 모두 몰살할 것이 아니라면 어떻게든 공존의 방법을 찾아야 한다.
그래서 그런 방법을 모색 중인, 그리고 어떤 면에선 이미 실행하며 노력
중인 단체에 기부를 해왔다. 그러다가 어쨌든 영상을 시청하는 종은
인간이고, 나 또한 인간이니 우리 종의 어려움에도 같이하는 것이 옳다고
생각이 들어 주로 내가 사는 동네 근처의 보육원, 혹은 아이들을 위한
단체에 꾸준히 기부 및 후원을 하고 있다.

고양이들에게도 인간들에게도 나의 생각은 변함이 없다. 이 시대는
자원이 부족해서 문제가 되는 시대가 아니다. 이 자원을 어떻게
분배할 것인가가 문제다. 분배만 잘 해결된다면 우리는 최소한, 사람도
고양이도, 길에서 죽는 모습은 볼 필요가 없을 것이다.

그루밍

리랑이
한 번.

아랑이
한 번.

고양이와 같이 사는 사람들에게 그루밍은 매우 많은 의미를 내포한다.
어떤 때는 귀찮음, 어떤 때는 은혜, 어떤 때는 아픔, 어떤 때는 가족….
리랑이와 아랑이는 서로 시도 때도 없이 그루밍을 해준다. 아랑이가 자고
있으면 리랑이가 가서 해주다가 같이 잠들기도 하고 혹은 반대 경우도
비일비재하다. 그렇게 둘이서 그루밍을 서로 해주는 모습이 귀여워서
나도 가서 손을 들이밀며 "나도 해줘!"라고 하면 '뭐야 이 바보는' 하는
눈빛으로 보지 않고, 내 손도 열심히 그루밍해준다. 즉 3마리(?)가 다
같이 모여서 그루밍을 하는 거라 볼 수 있다.
우리(리랑, 아랑, 나)에게 때때로 매우 영광스러운 날이 있는데, 그날은 자주
오지 않는다. 게다가 원한다고 오는 것도 아니다. 그날의 영광은 온전히
아리의 기분에 달려 있다. 아리가 기분이 좋아서 리랑이나 아랑이의
초접근을 허용할 때가 있다. 즉 같이 포개어져서 잔다거나, 가까이
붙어도 아리가 조금 째려보고는 다시 잔다거나 하는 때.
그때 그 모습을 옆에서 지켜보던 나는 직감한다. '아리가 쟤 그루밍
해주겠다.' 아니나 다를까 조금 시간이 지나서 아리가 몸을 뒤척이며
움직이더니 자신을 막 그루밍하기 시작했다. 나는 숨도 못 쉬면서 옆에서
구경을 하고 있다. 아리가 그루밍을 잠깐 멈추고는 리랑이 혹은 아랑이를
째려본다. 그러고는 곧 마치 '후우'라고 한숨이라도 쉬는 듯하더니 자기
옆에 있는 고양이(리랑이가 됐건, 아랑이가 됐건)를 열심히 그루밍해준다.
아랑이는 그렇다 쳐도 평생 '아리바라기'를 자처한 리랑이는 눈이 풀린
표정으로 얌전히 아리의 그루밍을 받는다. 그 순간이 그렇게 사랑스러울
수가 없다. 까칠하지만 어쨌든 속은 여린 아리의 모습을 확인하는
순간이랄까.
나도 신나서 손을 들이밀었다가 바로 물렸다.

궁디팡팡

인간이 고양이에게 대항할 수 있는 무기는 많지 않다. 기껏해야 츄르로 유혹을 해본다거나, 낚싯대로 힘을 빼놓는 정도다. 하지만 신기하게도 고양이들을 혼란에 빠트리거나, 인간에게 매달릴 수 있게 하는 방법이 하나 있는데 바로 '궁디팡팡' 되겠다.

약간의 호불호가 나뉘기는 하지만 대부분의 고양이는 궁디팡팡을 좋아한다. 좋아하지 않으면 혼란스러워라도 한다. 아리가 그런 경우다. 무엇인가 정의할 수 없는 느낌을 받으며 아리는 궁디팡팡을 완전히 피하지도 완전히 즐기지도 못하는 상태가 된다. 나는 그런 상태의 아리를 보는 것이 매우 즐거운데, 평소에 예민하고 항상 자기주장 뚜렷한 아리가 뭔가 혼란스러워하는 모습이 귀여워 보이기 때문이다.

리랑이는 궁디팡팡 중독 고양이다. 조금의 과장도 없이 집에 놀러오는 모든 사람의 옆에 다가가 엉덩이를 들이민다. 그러면 나는 살짝 부끄러운 듯 고개를 숙이면서 "그거 궁디팡팡 해달라는 거야"라고 말한다. 처음에는 반신반의하던 사람들도 궁디팡팡을 해줄수록 리랑이가 좋아하고, 계속 다가와서 엉덩이를 들이미는 것을 보면서 폭소를 터트린다. 심지어 밤에 리랑이가 마구 울어서 "리랑아, 왜 그래?" 하면 나한테 터벅터벅 걸어와서는 엉덩이를 들이민다. 그러면 속으로 '언젠간 넌 내 손으로 끝장낸다'라고 생각하면서 궁디팡팡을 해준다.

아랑이는 항상 행복하고 즐거워 보이기 때문에 딱히 궁디팡팡에 크게 반응하지는 않는다. 가장 중요한 점은 아리는 어느 정도 살집이 있어서 걱정 없고, 리랑이는 근육으로 뒤덮인 몸이기에 오히려 궁디팡팡 강도를 세게 해줘야 만족하는 반면, 아랑이는 우리 집에서 가장 작고 마른 아이라서 궁디팡팡을 매우 조심스럽게 해야 한다. 너무 세게 하면 아파할 것 같고 너무 살살 하면 별로 느낌도 없을 것 같기에 미묘한 컨트롤이 필요한 아랑이의 궁디팡팡이 제일 까다롭다.

그냥 참고로 말해두는데 나는 궁디팡팡 싫어한다.

꾹꾹이

고양이들의 애정표현은 정말 다양하다. 성격에 따라서는 애정표현을
잘하는 고양이부터 전혀 하지 않는 고양이도 있고, 애정표현을 많이
하는 고양이들 중에서도 방법이 여러 가지로 나뉘기도 한다. 가장 많은
표현 중에 하나를 '버팅'이라고 해서 손이나 몸 어딘가에 자기 머리를 콩
하고 부딪히는 행위다. 인사 같은 것인데 그 조그마한 머리가 와서 콩
하고 부딪히는 감촉이 그렇게 귀여울 수가 없다. 그 외에도 집사의 몸에
턱을 문대서 냄새를 남기려 한다거나 바닥에 발라당 누워서 뒹굴거리는
등 다양한 애교 혹은 애정표현이 있다. 하지만 그중 최고로 여겨지는,

집사도 고양이가 허락하는 날만 가능한, 애정표현 오브 애정표현은 뭐니 뭐니 해도 꾹꾹이다.

꾹꾹이를 하는 이유를 찾아보면 다양한 가설이 나온다. 어미의 젖을 더 잘 나오게 하는 행위의 습관이 남아서 한다거나, 발에서 땀샘이 나와 자신의 영역 표시를 하는 것이라는 등. 고양이와 직접 대화할 수 있는 인류(혹은 인간과 직접 대화할 수 있는 고양이)가 나타나지 않는 한 꾹꾹이의 정확한 이유를 찾기는 힘들겠지만, 확실해 보이는 것은 자신과 함께 사는 인간에게 보이는 가장 큰 애정표현 중 하나라는 것이다.

성격 좋고 다른 인간에게 낯을 가리지 않는 리랑이와 아랑이는 고양이가 흔히 보여줄 수 있는 애정표현들을 웬만한 사람에게는 다 보여주는 편이다. 가서 머리를 받기도 하고, 눈앞에서 뒹굴 눕기도 하고 심지어 그루밍(!)도 해준다. 리랑이에 비해서 아랑이가 훨씬 애정표현도 많고 사람들을 더 좋아해서, 처음 우리 집에서 아리랑이들을 만나고 간 사람들은 대부분 먼저 아랑이의 팬이 된다. 아리는 캣폴에서 내려 와주기라도 하면 은혜로운 수준이고.

그런 아리랑이들도 한두 번 만난 사이 정도로는 꾹꾹이를 절대 해주지 않는다. 지금까지 아리를 포함하여 아리랑이들이 나를 빼고 꾹꾹이를 해준 사람은 한 손에 꼽을 수 있다. 심지어 나에게도 매일 꾹꾹이를 해주지 않는다. 물론 리랑이와 아랑이는 아리에 비하면 자주 해주는 편이다. 아리는 정말 신이 1년 동안 열심히 살면 잘했다고 칭찬해주는 듯한 느낌으로 아주 가끔 꾹꾹이를 해준다. 그렇기에 여느 때와 다름없는 날, 샤워를 하고 침대에 누워 책을 읽거나 핸드폰을 하고 있는데 아리가 갑자기 내 배 위에 올라와 식빵을 굽기 시작하면 나는 그 순간부터 설레기 시작한다. '오늘인가, 오늘 아리의 꾹꾹이를 받는 건가' 하는

마음으로. 그러다 그냥 내려가는 날도 있지만 내가 분위기를 망치지만
않으면(갑자기 벌떡 일어나 노래를 부른다거나) 아리는 가만히 나를 보다가
꾹꾹이를 시작한다. 그럼 아리를 향한 분노, 번뇌, 복수심 등이 발 하나
하나의 꾹꾹이에 눈 녹듯이 사라지는 것을 경험하게 된다.
그렇게 하다가 다시 휙 침대 밑으로 내려가서 캣폴로 올라가 날 내려다
보는 아리를 보면 '그래, 내가 더 열심히 해서 오래오래 건강하게 지내게
해줘야지'라는 마음을 먹게 된다. 그리고 다음 날, 똑같이 화내고 짜증
내는 아리를 보면서 나는 확신한다.
'저 새키, 나 가스라이팅 중이네.'

쌍꾹꾹이 하던 날

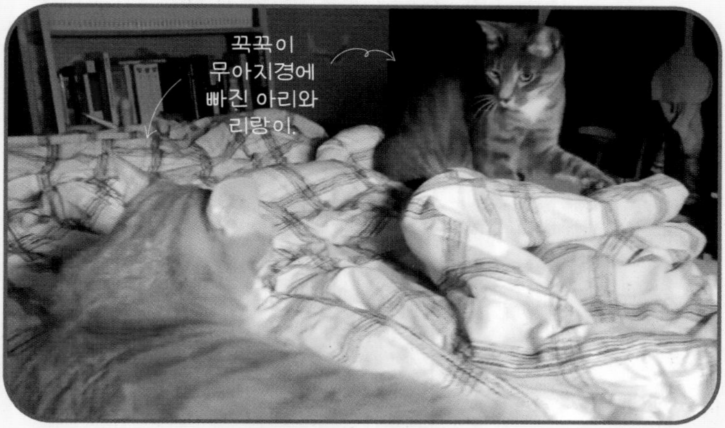
꾹꾹이
무아지경에
빠진 아리와
리랑이.

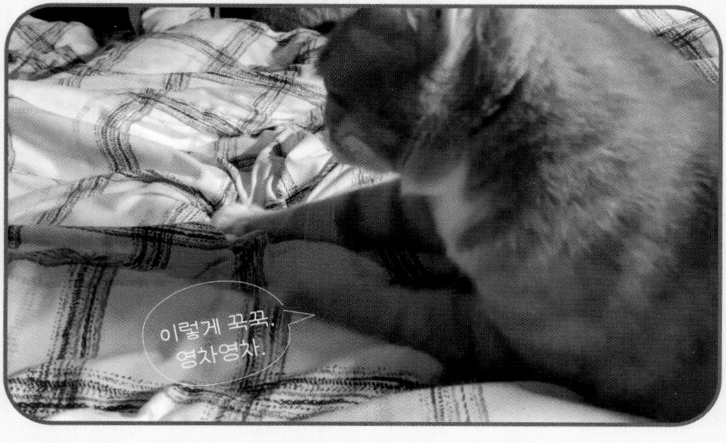
이렇게 꾹꾹,
영차영차.

아리랑이들 잠버릇

고양이들은 하루의 많은 시간을 잠으로 보낸다. 만약 당신이 처음 고양이를 키운다면 그들이 하루 절반 이상을 잠으로 보내도 아프거나 잘못된 것이 아니니 놀랄 필요 없다. 나도 고양이 3마리를 키우지만 종일 같이 집에 있어도 대부분의 시간은 매우 조용하고 평화롭다. 아마 고양이 신이 있다면 고양이들에게 일부러 이런 기능을 추가했을 것이다. 신 본인도 못 견뎠겠지. 이런 성격의 생명체들이 하루 종일 무엇인가를 망가트리고 제멋대로 구는 꼴을 어떻게 보고 있을까. 그러니 속으로 '이놈들 잠이라도 자게 해야겠다. 아니고서는 절대 사람들이 안 키워 줄 거야'라고 생각한 것이 분명하다. 실제로 아리랑이들도 잘 때가 제일 이쁘다.

아리랑이들은 자는 모습도 매우 다르다. 먼저 아리. 나는 아직까지도 아리가 깊게 잠드는 모습을 본 적이 손에 꼽을 정도다. 내가 거실에서 작업을 하고 있다가 침대에서 잠든 아리 모습이 너무 귀여워서 쓰다듬어 주려고 다가가면 항상 몇 발자국 떨어진 곳에서 아리가 먼저 눈을 뜨고 나를 쳐다본다. 아리는 항상 눈과 귀를 열어두고 자는 것 같다. 어찌 보면 야생의 본성이 가장 많이 남아 있는 것 같기도 하다.

리랑이는 마치 술에 취해 잠들어서 누가 흔들어도 깨지 않는 사람처럼 잔다. 사실 아리가 자는 형태에 익숙했던 나는 리랑이가 들어오고 몇 달간은 가끔 일부러 흔들어서 깨우기도 했다. '아니 이렇게나 안 일어날 수 있다고?' 하는 마음이 들 정도였다. 예를 들어 리랑이가 소파에서 잠들었다면 내가 소파에 앉았다 일어나든, 앞에서 왔다 갔다 하든, 컴퓨터에서 소리가 크게 나오든 상관없이 잔다. 그냥 잘 잔다. 그래서 혹시나 해서 툭툭 쳐보아도 그대로 잔다. 그래서 몇 번은 정말 기절한 건 아닌 건지, 혹은 어디가 아픈 것은 아닌지 일부러 일어날 때까지 흔들어

깨워보기도 했다. 하지만 그럴 때마다 매번 부스스한 눈을 뜨고는 '아, 왜? 잠 좀 자자' 하는 표정을 짓고는 다시 곧바로 잠들고는 했다. 아마도 자신이 집안에서 가장 힘이 센 고양이고, 나는 보아하니 자신에게 해는 끼치지 않을 것 같아 그냥 맘을 놓고 푹 자는 듯한 느낌이다.

아랑이는 리랑이와 비슷하게 무신경하게 잘 자는 편인데 거기에 아랑이만의 특색이 하나 있다. 아랑이는 어떤 생명체와든 붙어서 자는 것을 좋아하는 것 같다. 주로 나에게 다가와 붙어서 잔다. 무릎 아니면 배 위에서 자려고 하고 몸을 다른 곳에 두더라도 최소한 내 허벅지에 얼굴을 기대 어떻게든 조금이라도 붙어 있으려 한다. 때론 작업이 바쁘거나, 혹은 어떤 이유로 내가 붙어 있기 힘들어서 아랑이를 떼어내면 몇 번 아쉬워하다가 총총거리는 걸음으로 리랑이에게 다가간다. 그리고 나서는 '이 정도면 됐지?!' 같은 느낌으로 몇 번 그루밍을 해주고 나서 리랑이에게 폭 안기거나 혹은 반대로 리랑이를 끌어안고 잔다. 한번 잠들면 잘 깨지 않는 2마리가 붙어서 자다 보니 내가 장난을 치려고 앞발을 잡거나 툭툭 건드려도 마치 같은 꿈을 꾸고 있는 것처럼 잘 일어나지 않는다. 그 모습을 보고 있으면 정말 사이좋은 가족이 서로를 위해주는 모습 같아서 기분이 좋다.

하지만 잠에 관한 아리랑이들의 가장 큰 공통점은, 나의 잠은 모두가 최선을 다해 방해한다는 것이다. 아침에는 밥 달라고 깨워서 아침잠을 방해하고, 밤에는 또 밥 달라거나 자기들끼리 신나서 집안을 뛰어다니며 나의 잠을 방해한다. 그리고 내가 겨우 잠에서 깨어나면 소명을 다 했다는 듯 바로 고양이들은 잠든다.

꿈에서 때리고 싶다.

자는 모습이
꼭 닮은 아이들.

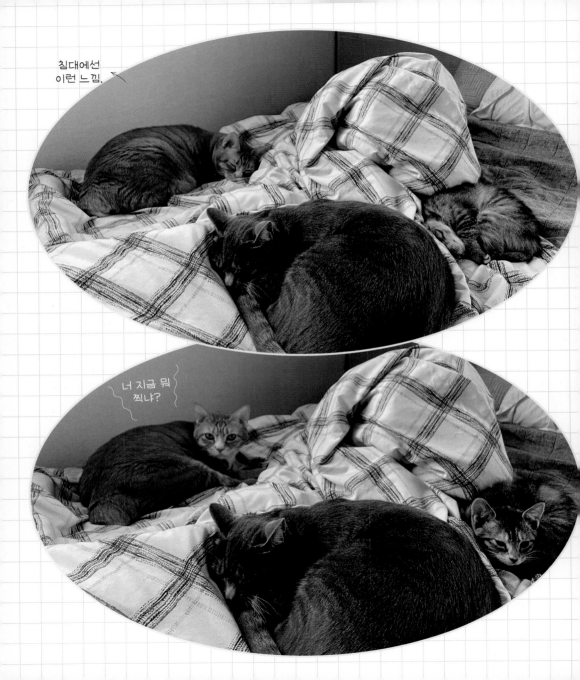

얘네들은
이름을 알아듣는 건가?

오래된 속설이 있다. '고양이는 자신의 이름을 알아듣지만 무시한다'는 것. 나 같은 고양이 주인들을 '집사'로 어떻게든 격하시키려는 세력들이 퍼트린 낭설 혹은 속설이라고 볼 수 있겠다. 어쨌거나 고양이들과 함께 사는 사람 입장으로서 이것은 매우 중요한 이슈다. 자신의 이름을 불러주길 기다리다가 부르면 세상 신난 모습으로 달려오는 강아지들과 달리, 이름을 알아듣든 못 알아듣든 고양이는 내가 원한다고 나에게 오지 않기 때문이다.

어쨌든 고양이의 주인된 입장에서 과연 아리랑이들은 자신의 이름을 알아듣는가 고찰을 해보았다. 역시나 아리랑이들은 각자 이름에 대한 태도가 다르다.

아리는 100% 자신의 이름을 알아듣는다. 이것은 수없이 많은 실험을 거쳐 밝혀낸 사실이라는 것을 말하고 싶다. 다른 호칭으로는 아무리 불러도 대답이 없는데 조용히 "아리"라고 부르면 고개를 돌린다든가, 곤히 자고 있을 때 "아리" 하고 말하면 눈을 부스스 떠서 '뒤지고 싶냐, 왜 깨우냐' 하는 눈빛으로 째려보는 것이 좋은 예다. 그렇기에 아리는 위에 서술한 속설이 적용되는데, 분명 이름을 알아들을 때가 있음에도 대부분의 시간은 모른 척하거나 오히려 부르면 짜증(?)을 부릴 때가 많다.

리랑이의 경우 둘째에다가 남자라는 동질감 때문인지 "얌마", "이놈아", "새키가" 등의 격한 호칭으로 많이 불렸다. 심지어 쓰다듬으면서 이뻐해줄 때도 애정을 담아 "이노무시키"라고 불렀다. 그러다 보니 "리랑!" 하고 이름을 부르는 경우는 대부분 혼낼 때였다. 아리한테 마구잡이로 달려들거나 어디를 심하게 뛰어가서 무엇인가 넘어트리면 그럴 때마다 큰 소리로 "리랑!" 하고 불렀더니 리랑이에게 이름은 혼날 때 불리는 호칭이 되었다.

아랑이는 못 알아듣는다. 확실하다. 얘는 그냥 행복한 애다. 이름을 부르든 부르지 않든 나에게 다가오고 나한테 붙어서 잔다. 놀 때는 어차피 이름을 못 들을 만큼 격하게 놀고, 놀지 않을 때는 자거나 이미 나한테 붙어서 자고 있다. 혹여나 위험한 장난을 치거나 뭔가를 떨어트리려 해서 내가 "어!" 하고 다가가면 눈치는 빨라서 이미 도망친 후다. 더욱이 아랑이는 아직도 나한테 너무 애기 같은 느낌이라 "꼬맹이"라고 자주 부른다. "우리 꼬맹이", "이놈 꼬맹이" 하고 불려서 아랑이는 자신의 이름이 꼬맹이인 줄 알지도 모르겠다.

꼬맹이라니, 나 너무 나이 들어 보이나.

불렀냐?

불렀냐고.

이놈들이 망가트린 것들

고양이와 같이 살게 된다면 고려해야 할 비용이 많다. 일단 가장 첫 번째로 당연히 밥값. 예전에 비해 선택지가 엄청 많아진 사료 종류만큼 가격도 매우 다양해졌다. 자신의 형편에 맞게, 고양이의 환경에 맞게 잘 선택하면 된다. 간식 또한 마찬가지다. 또 뭐가 있을까. 고양이들 장난감, 아이들이 쉴 수 있는 숨숨집이나 방석. 그리고 간헐적이긴 하지만 큰 비용이 나오기도 하는 병원비. 고양이와 함께하는 삶은 많은 비용을 고려해야 한다. 하지만 아무리 준비한다 한들 예상하지 못한 비용이 때로는 발생한다. 그리고 이 비용은 다시 되돌릴 수 없을 때도 많다. 왜냐면 고양이들은 당신의 소중한 물건들을 박살 낸다.

아리의 전적은 화려하다. 일단 나의 소중한 고가 이어폰 줄을 물어뜯어 수리도 할 수 없을 만큼 박살 낸 적이 있다. 사실 그거야 너무 아깝고

화도 나지만 복구가 가능한 물품이다. 열심히 벌어서 새로 사면 되지, 뭐. 가장 기억에 남는 것 중에 하나는 멕시코 공연 팀과 같이 일하고 선물로 받은 해골 모양 도자기를 아리가 앞발로 툭툭 쳐보더니 책상 밑으로 떨어트려 박살 낸 것이다. 나도 모르게 "아리!" 하고 소리쳤더니 자기가 잘못한 것을 아는지 평소에 잘 가지도 않는 화장실에 틀어박혀서 몇 분간 나오지 않았다.

리랑이는 우리 집에 온 다음 날 노트북 충전기 전선을 씹어 먹어서 그 다음 날 큰돈을 주고 새로 구입해야 했다. 하지만 리랑이는 크면서 입질이 많이 줄었고, 힘이 좋고 잘 뛰어다니는 반면 뭐에 부딪히거나 뭘 떨어트리는 경우는 별로 없다.

사실 메인 빌런은 아랑이다. 이놈은 일단 한번 흥분해 뛰어다니기 시작하면 앞을 잘 보지 못하는 듯하다. 자신의 몸을 벽이나 탁자 같은 곳에 부딪히는 것은 다반사고, 심지어 속도를 너무 내다가 스스로 줄이지 못하고 테이블 위로 뛰었다가 그대로 미끄러져 넘어지면서 떨어지기도 한다. 그러니 말 다 했다. 이미 내 컵을 3개 이상은 깼으며 그 외에도 많은 것을 밀어 넘어트리며 박살 냈다.

그 과정에서 제일 화나는 것은 아리와 리랑이는 자신이 무엇을 잘못하면 눈치를 보는 느낌이 있는데 아랑이는 무엇이 깨졌더라도 혼자 다 놀고는 나에게 와서 비비적거리며 '나 잘했죠!' 하는 느낌으로 나를 쳐다본다는 것이다.

만약 당신이 고양이를 키우고 있다면, 이미 박살 난 것들에 진심 어린 위로를 보낸다. 만약 당신이 고양이를 키울 예정이라면, 당신이 소중히 하는 물건들을 모두 숨겨두거나 잘 보호하기 바란다. 그리고 그것들보다 덜 소중하게 다루다 박살 날 물건들에 대한 위로를 보낸다.

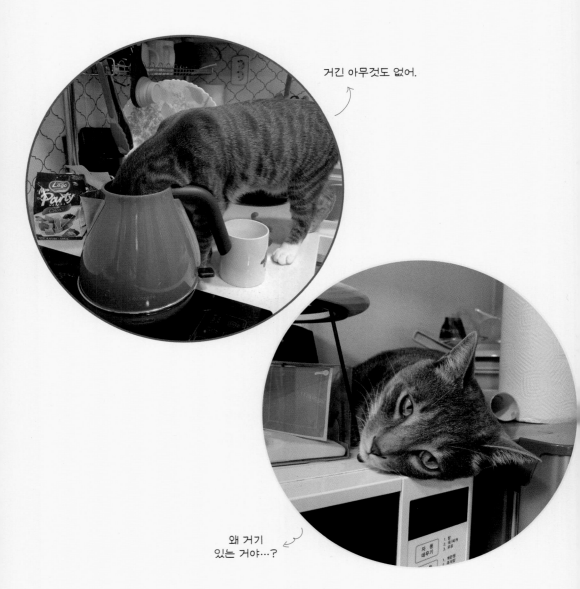

거긴 아무것도 없어.

왜 거기
있는 거야…?

아리는 어릴 적
무지개다리를 건널 뻔했다

아리가 나의 조그마한 자취방에 들어오고 처음 며칠 동안, 나는 내
삶에서 그렇게 조심스러워해본 기억이 없다. 아리를 조심스럽게 다루는
것은 당연하고 내가 혹시 큰 소리를 내면 놀랄까, 내가 움직이다가
발로 차지는 않을까, 매 순간을 조그마한 고양이를 신경 쓰고 걱정하며
지냈다. 하지만 그럼에도 내가 신경 쓸 수 없는 순간이 생기는데,
당연히 잠들었을 때다. 사실 잘 때야 무슨 상관이겠나 싶었다. 하지만 그
순간조차 조심해야 했다는 것을 깨닫게 된 사건이 벌어졌다.

아리는 이 집에서 나를 먹여주고 재워주는 것은 저놈이구나 하는 것을
깨달은 이후로 나에게서 한 번도 떨어진 적이 없다. 잘 때도 마찬가지로
내 옆에 꼭 붙어서 잤다. 그러던 어느 날 학교 수업이 없었는지 땡땡이를
쳤는지 기억은 안 나지만 낮잠에 들었다. 아리도 고양이답게 잠이 들었던
모양이다. 내 옆에 붙어서. 나는 평소 잘 때 몸부림이 심한 편이 아니다.
그런데 그날 무슨 바람이 불었는지 내가 크게 옆으로 몸을 굴렸던
모양이다. 꿈에서 들었는지 아니면 곧바로 잠이 깬 건지 모르겠지만 아기
고양이가 최선을 다해 살려달라고 외치는 듯한 소리를 듣고 화들짝 놀라
몸을 일으켰더니 아리가 내 밑에서 말 그대로 찐빵처럼 짓눌려 있었다.
그러고는 내가 몸을 일으키자 후다닥 일어나 침대 끝으로 가서 나를 그
조그마한 눈으로 최선을 다해 째려보았다.
돌이켜 생각해봐도 내 잘못은 크게 없는 것 같지만 그럼에도 그때
아리에게 최선을 다해 상황을 설명하고 잘못했다고 빌었다. 아리는
당연히 귓등으로 듣지도 않았고 나에게서 떨어져서 잤다. 나는 그 후로
며칠간 혹시나 아리가 옆에 있을까 두려워 자는 둥 마는 둥 선잠을 잤다.
시간이 지나 아리도 다시 내 곁에 꼭 붙어서 자게 됐고 나도 푹 잠들기
시작했지만 아직도 내 옆에 누워서 자는 아리를 볼 때면 가끔 그때가
떠오른다.

고양이랑도 싸울 수 있다

반려동물과는 어디까지 소통이 가능할까? 아마 동물마다 다를 것이고, 같은 종이라도 각자 성격과 지능이 달라서(인간도 그렇듯이) 정확하게 알 수는 없을 것이다. 하지만 분명 평균적으로 모두에게 적용되는 부분은 있을 거라는 생각이 들었다. 그냥 고양이 3마리 키우는 사람 입장에서 생각해보건대, 모든 고양이는 인간과 싸울 수 있다. 아니 정확히는 삐질 수 있다.

고양이는 감정 표현이 그렇게 크지 않은 편이다. 특히 무엇인가가 좋았을 때 엄청 좋아한다거나 막 신나하는 모습을 보기 힘들다. 하지만 화가 난다거나, 마음에 안 들거나, 삐지거나 하는 모습은 정확하게 드러난다. 특히 아리랑이들 중에 아리와 리랑이는 굉장히 명확하다.

아리는 말할 것도 없이 기본적으로 살짝 빡쳐 있다. 모든 생명체가 자신보다 밑이라고 생각하기 때문에 자기 마음에 들게 행동해야 하는 것은 당연한 일이고, 혹시 누가 마음에 안 들게 하면 화가 날 뿐이다. 아리는 삐지거나 화가 나면 그나마 부리던 아주 조금의 애교도 며칠간 보여주지 않는다. 예를 들면 평소 내가 샤워하고 나오면 아리는 항상 화장실 문 앞에서 기다리고 있는데 화가 나 있는 동안에는 문 앞에서 기다리지 않고 멀리 떨어져서 가만히 째려보고 있는다거나, 평소 내 팔 근처에서 자는데 화가 났을 때는 발밑에서 자는 식이다.

성격 좋은 리랑이는 내가 많이 혼내는 편인데, 아무리 성격이 좋다 한들 계속 혼나다 보면 화가 나는 법. 리랑이는 화가 나면 혼자 열심히 캣휠을 돌린다. 뭔가 반항의 의미인 것 같다. '형, 자꾸 그러면 나 혼자 논다! 평생! 이거 봐. 나 혼자 캣휠 잘 돌리지!' 같은 느낌이랄까? 혼자만의 망상이 아닌 것이 평소에는 내가 캣휠을 돌려주거나 혹은 혼자 그냥 신나서 돌 때는 아무 말 없이 도는데, 화가 나서 캣휠을 돌릴 때는 그렇게 울면서 돌린다. 솔직히 옆에서 보면 겁나 웃기다.

아랑이는 아직 한 번도 삐진 적 없다. 그냥 세상 행복한 고양이.

안녕하세요,
고양이 영업사원입니다

3마리의 고양이와 함께 사는 것이 엄청나게 흔한 일은 아니다. 물론
찾아보면 10마리, 20마리 고양이와 같이 사는 분들도 계시지만
그렇다고 3마리의 고양이와 함께 사는 일이 평범한 일이 되는 건 아니다.
그런데 사실 엄연히 따져보면 내가 구조하고 사람과 같이 살게 한
고양이는 총 6마리가 된다.
나는 기본적으로 사람이 못돼 처먹어서 나 혼자 힘든 것을 견딜 수
없다. 그래서 주변에 고양이를 권하기 시작했다. 그러다 레이더망에
걸렸던 같이 공연하던 친구가 있었다. 엄청난 감언이설과 함께 몇 달에
걸친 설득 끝에 '땡초'라는 고양이를 선물할 수 있었다. 하지만 여기서
끝나면 그 친구는 그저 고양이 1마리와 행복할 뿐이다. 그렇게 놔둘 수

없다. 땡초를 입양한 지 1년도 되지 않아서 나는 우리 집을 예시로 들며 "어차피 고양이는 2마리가 될 것이다. 빨리 들이느냐 천천히 들이느냐의 차이일 뿐이다"라는, 언뜻 보면 그럴듯하지만 자세히 생각하면 이상한 말을 들먹이며 종용하기 시작했고, 곧 그는 '빠다'라는 이름의 둘째를 들였다. 아니, 근데 이렇게 써보니 내가 설득을 잘하는 것이 아니라 내 친구가 그냥 귀가 얇은 것 같기도 하고….

아무튼 그렇게 2마리의 고양이에게 집사를 구해주고 또 슬쩍 입맛을 다시면서 주변에 나만큼 힘들게 할 사람을 찾아보았다. 하지만 다행인지 불행인지 내 주변에는 책임감이 넘치는 사람들이 많아서 쉽게 고양이를 들일 생각을 하지 않았다. 나는 다들 심사숙고하는 모습에 뿌듯하면서도 겁쟁이라며 놀리는 양가적인 입장을 보이곤 했다. 그러다가 레이더망에 걸린 것이 동생이었다. '해로'라는 이름의 첫째만 키우고 있던 동생에게 "둘째가 들어오면 해로도 행복해할 거야"라며 계속해서 설득했고 결국 동생도 둘째 고양이를 들였다.

물론 구조된 고양이에게 좋은 안식처를 제공해주겠다는 좋은 마음이야 왜 없겠나. 하지만 솔직해지고 싶다. 이 글에서만이라도 내 마음을 전부 표현하고 싶다.

난 많은 사람들이 고양이를 키우겠다는 어리석은 선택을 하고 그 후회를 곱씹으며 살아가는 모습을 지켜보고 싶다.

아니, 내가 왜…?

아주 큰마음을 먹고 캣휠을 샀다. 일단 가격이 만만치 않다. 하지만
그것쯤은 아리랑이들이 재밌게 놀고 좋아한다면, 그래. 한번 지를 수
있다. 하지만 망설임이 컸던 이유는, 그 큰돈과 공간을 들여서 캣휠을
사줬는데 아무도 쓰지 않아 버려진 가구가 되지 않을까 하는 걱정이었다.
캣휠이 도착하고 며칠 동안 아리는 흘끔 쳐다보고 가끔 올라가기는
했지만 절대로 굴리거나 하지 않았다. 괜찮다. 아리에게는 조금의 기대도
없었다. 나의 희망은 리랑이였다. 아니나 다를까 리랑이는 신나게 캣휠을
굴리기 시작했다. 캣휠에 대한 경계는 사라진 듯했다. 하지만 며칠
지나지 않아 나에게는 다른 걱정이 생겨버렸다.
장난삼아 리랑이가 캣휠을 돌릴 때 몇 번 같이 돌려줬었다. 그랬더니
리랑이가 그게 마음에 들었나 보다. 아무래도 캣휠이 무겁다 보니 혼자
돌리면 속도가 빠르지 않은데 내가 같이 돌려주면 빠르니까 신나게
달릴 수 있다는 걸 알아챈 모양이다. 그 이후로 좀 달리고 싶다는 기분이
들면 리랑이는 캣휠 위에 앉아서 '돌려!'라는 명확한 의미를 담아 울기
시작했다. 일단 그렇게 울기 시작하면 내가 캣휠을 돌려주기 전까지는
캣휠을 떠나지도, 울음을 그치지도 않았다. 그럼 나는 투덜거리며 발로
캣휠을 돌려준다. 그렇게 며칠을 캣휠을 돌려주다 보니 문득 '아니…
이러면 내가 돌리려고 산 것 같잖아?'라는 생각이 들었다.
그 이후로 아무리 울어도 무시하고 돌려주지 않았더니 리랑이는 나를 몇
번 째려보고는 심심할 때면 혼자 캣휠을 타기 시작했다.

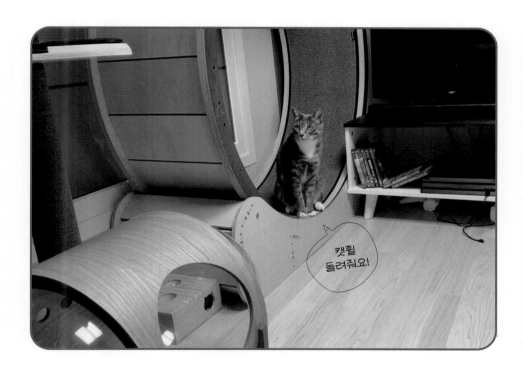

고양이들에게 바라는 것

① 솔직히 밥은 좀 알아서 차려 먹었으면 좋겠다. 아니, 자기들 먹고
사는 문제인데 이걸 다른 종에게만 맡기는 것이 본인들에게도 얼마나
불안한 일인가. 적당한 양을 알아서 적당히 퍼서 먹을 수 있으면
좋겠다. 다 고양이를 위해서다.

② 다 먹고 나면 양치질도 알아서 했으면 좋겠다. 치석 쌓여서 이빨
뽑으면 아프기도 하고 맛있는 것도 많이 먹기 힘들 텐데 양치질하면
이빨 건강하게 오래 맛있는 거 먹을 수 있다. 다 고양이를 위해서다.

③ 몸도 알아서 씻으면 좋겠… 아, 이건 하지?

④ 밥그릇과 음수대 설거지 정도까지만 딱 하면 좋을 것 같다. 이건 사실
1번과 이어지는 건데 밥을 알아서 차려 먹을 수 있게 되면 분명 치울
수도 있을 거다. 아무리 세균이 잘 번식하지 않는 유리나 세라믹
밥그릇을 사용한다고 해도 시간이 지나면 더러워지는 법. 본인들의
맛있고 건강한 식사를 위해서는 설거지 정도는 충분히 할 수 있다.

⑤ 화장실은 내가 치워줄게. 대소변을 보면서 너희 건강도 확인하기
좋으니까.

⑥ 근데 이런 걸 다 할 줄 알면 얘네가 우리 집에 살려고 할까…?

무슨 꿈을 꾸려나

고양이들은 하루의 정말 많은 시간을 자는 데 사용한다. 정말 많이 잔다.
나는 늦게 자고 늦게 일어나지만 잠이 많은 편은 아니다. 낮잠을 즐기지
않는 성격이라서 혹 잠을 잘 자지 못한 날에 하루 종일 집에 있더라도
깨어 있는 경우가 많다. 그때 아리랑이들을 보고 있노라면 '얘네는 정말
많이 자는구나' 새삼 알게 된다. 그러다 문득 얘네는 무슨 꿈을 꾸려나
하고 궁금한 적이 많다.

아리는 부산에서부터 시작해 서울에서도 나와 같이 3번을 이사했기
때문에 상상할 요소가 많을지도 모르겠다. 어쩌면 부산에서의 기억이
꿈에 나올 수도 있고, 이사할 때 힘들었던 기억이 나올지도 모르겠다.
리랑이는 기껏해야 2번 이사했고 나이도 많지 않아서 기억의 용량이
아직 크지 않겠지만, 그래도 임랑이라는 아기 고양이와 놀던 적도 있고
아리에 비하면 다양한 사람들을 어릴 때부터 봐서 꿈도 다양할지도
모르겠다.

아랑이는 지금 집에서만 평생 자랐고 아리와 리랑이에 비하면 딱히
엄청난 사건을 마주한 적이 없어서 어떤 꿈을 꿀지 잘 상상이 안 간다.
게다가 아랑이는 마냥 행복한 아이라 악몽 같은 것을 꾸는지도 궁금하다.
얘네는 무슨 꿈을 꾸면서 자는 걸까?

참고로 난 꿈에 고양이가 나온 적이 한 번도 없다. 내 무의식이 열심히
밀어내나 보다.

그래도
옆에 있어서 다행이야

아리는 내 팔을 베고 자는 경우가 많다. 특히 추운 겨울에는 옆에 딱
붙어서 잘 때가 많은데 나도 그 푹신한 기분이 좋아서 항상 기분 좋게
잠든다. 많은 경우 아리가 먼저 잠에 드는데, 가끔 아리가 악몽을 꿀 때가
있다. 이것은 추측이 아니라 확신인데, 악몽을 꿀 때와 그냥 잘 때의
분위기가 확실히 다르기 때문이다.

일단 악몽을 꾸기 시작하면 아리는 몸에 경련이 일기 시작한다. 마치
깨고 싶은데 깨지 못하는 것처럼 몸을 움찔움찔하고 끙끙거리는 소리를
조금씩 낸다. 처음에 이런 모습을 봤을 때는 아리가 갑자기 아픈 줄 알고
깜짝 놀라서 크게 흔들어서 깨웠는데, 오히려 그런 나의 행동 때문에
아리가 더 놀란 것 같았다. 하지만 그게 악몽을 꿔서 그런 것이라는
것을 알고 나서는 발을 천천히 꽉 잡아서 깨우거나 조심스럽게 아리를

흔들어서 깨우기 시작했다.

그렇게 악몽에서 깨어나면 아리는 놀란 눈으로 주위를 둘러본다. 그러다 나를 확인하고는 순간 마음이 놓이는지 엄청나게 기분 좋을 때 내는 그르렁 소리를 내면서 내 손을 핥고 머리를 비비적거린다. 평소라면 절대 그렇게까지 애정표현을 하지 않을 아리가 한참을 그러고 있는 것을 보면 '악몽이 정말 무서웠나 보다' 하는 생각과 '그래도 아리가 나에게 참 많이 의지하는구나' 하는 생각이 든다.

한참을 그렇게 그루밍해주고 머리를 비비적거리다가 아리는 다시 잠든다. 이번에는 편하게 악몽 따위 꾸지 않았으면 하는 바람과 동시에 악몽을 꿔 아기처럼 변하는 아리를 보고 싶은 마음으로 아리를 한참 바라보았다.

아니, 다 알고 하는 거야?

컴퓨터를 하고 있거나 티비를 보고 있으면 고양이가 모니터 앞에 떡하니 앉거나 티비 앞에 앉아서 방해를 한다는 것은 유명한 이야기다. 때때로 컴퓨터 키보드 위에 앉아서 아무런 작업이나 게임을 못 하게 하는 경우도 허다하다. 고양이들의 그런 행동에는 다양한 해석과 추측이 난무한다. 내가 들은 것 중에 가장 낭만적인 것은, 자신 외에 다른 것에 너무 오래 관심을 가지는 것에 질투가 나서 자신이 그 사이를 가로막아 눈길을 돌리려 한다는 말이다.

언뜻 듣기에는 너무 귀엽고 사랑스러운 행동 아닌가? 이 말이
사실이라면 이뻐해주면 그만이다. 쓰다듬어주고 뽀뽀해주고 놀아주면
된다. 하지만 현실은 그렇지 않다. 아무리 이뻐해줘도 이것들은
가로막고, 또 가로막고 심지어 키보드 위에 누워서 자버린다. 관심을
필요로 하는 것이 아니다. 나의 가설은 그냥 얘네는 방해하고 싶은 거다.
딱 보아하니 내가 중요하게 무엇인가를 하는 것 같은 느낌이 들었을
것이다. 일반적으로 그 다음에 올 생각은 '방해하지 말아야지'일
것이다. 그리고 그런 생각을 했다면 그 생물은 고양이가 아닐 것이다.
하지만 '중요해 보이는데? 방해해야겠다' 이 흐름으로 갔다면 100%
고양이다. 얘네는 그저 방해하고 싶은 것뿐이다. 그러니 자신에게 관심을
가져주더라도 내가 계속 무엇인가 중요한 일을 하는 것 같으면 또다시
방해를 하는 것이다. 그러다가 방해하는 것이 스스로 지루해지면 떠난다.
아마 이 대목에서 어떤 사람은 분명 더 그럴듯한 이유가 있을 거라고,
다른 추측 가능한 이유가 있을 것이라고 생각할 것이다.
난 그들이 누군지 안다.
고양이를 키워보지 않은 사람.

고양이의 보은

고양이의 보은에 대해서 많이 들어봤을 것이다. 구해줬더니 쥐를
물어왔다, 아이를 구해줬다 등 사례를 찾아보면 끝도 없이 많다. 하지만
나는 알고 있다. 그리고 확신한다. 걔네들은 보은한 것이 아니다. 그저
걔네가 그 타이밍에, 그 행동을 하고 싶었을 뿐이다. 쥐를 물어다 준
것? '이 사람이 쥐를 좋아하겠지?'가 아니라 순간 눈이 돌아서 쥐를
잡아버렸는데 '이거 어쩌지…? 아, 걔 있지. 걔한테나 갖다줘 볼까. 그럼
뭐 먹든, 가지고 놀든 알아서 하겠지?' 하면서 가져다줬을 가능성이 높다.
한때 인터넷에서 화제가 되었던 영상 중에 어린아이를 무는 강아지를
온몸으로 들이받아 강아지를 물리치고 어린아이를 구한 고양이가 있다.
더욱 화제가 된 것은 강아지를 들이받고 난 후, 아이의 상태를 확인하는
듯한 행동을 보인 다음 괜찮아 보이니 강아지에게 다시 덤벼들어
강아지를 더 멀리까지 떨어트려 놓고 다시 돌아와 아이를 보호하는 듯한

행동이다. 인질 구출의 교과서적인 모습을 고양이가 보인 것이다. 이것을
보고 '고양이의 보은이다. 고양이가 아이를 가족처럼 생각하여 정의감에
불타 아이를 구한 것이다'라고 많이들 생각하는데, 난 다르다. 그
고양이는 화가 났다. 집에서 열심히 그루밍해주고, 자신의 행동 패턴을
가르치며 미래의 집사로 교육하던 아이를 갑자기 나타난 강아지가
상처를 내려고 하니 분노한 것이다. 그래서 냅다 들이박아 버린 것이다.
논란의 여지(?)가 있지만 고양이들은 인간에게 무엇인가 보은을 하는 듯
보인다. 그렇다면 아리랑이들은 어떨까? 아리랑이들의 보은에 대해서
얘기해볼까 한다.

여기까지다.

순간포착 아리랑

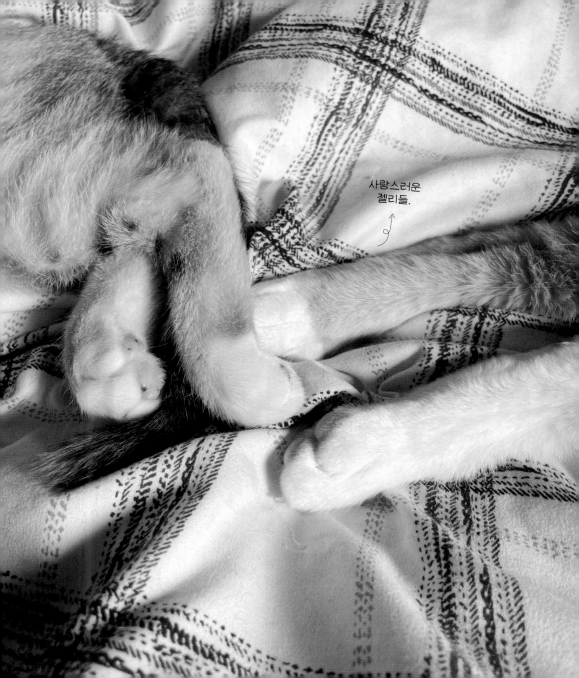
사랑스러운
젤리들.

거기서 뭐 해…?

아리의 뒤통수를 노리는
리랑이의 눈빛.

가족이
된다는 것은

Part

03

입양 고민
더 이상 하지 마세요

"고민하지 말고 그냥 입양하지 마세요." 반 농담으로, 나에게 고양이 입양에 관해 물어보는 사람들에게 항상 하는 대답이다. 고양이를 키우는 것에 대한 환상, 나는 100% 이해한다. 특히 요즘처럼 유튜브에 고양이 영상이 넘쳐나는 시대에 어찌 고양이들의 엉뚱한 귀여움을 피해갈 수 있겠는가. 하지만 기억하자. 고양이들에게 진짜 화나고, 욕 나오고, 나를 좌절시키는 일들은 영상으로 올리지 않는다.

그러면 고양이와 같이 살면 그저 불행한 것이냐? 당연히 아니다. 하지만 어떤 생명체를 키워낸다는 것의 힘듦과 고생을 간과하고 입양을 하는 경우가 많기 때문에 하는 말이다. 기쁨은 강조하지 않아도 저절로 찾아온다. 하지만 힘든 부분은 더욱 과장하고 강조할수록 막상 마주했을 때 버틸 만할 것이다.

내가 아리를 데려올 때는 정말 주먹구구식이었다. 사람들이 블로그나 카페에 입양 보내고 싶은 고양이들 사진을 올리고, 그걸 보다가 '얘다!' 하고 연락을 하면 다음 날 데려오는 정도였다. (실제로 아리가 그렇게 왔다.)

하지만 요즘은 입양신청서도 생겼고, 입양하는 사람이 어떤 사람인지 확인하는 단계가 있다. 매우 긍정적인 일이라 생각한다. 갈 곳 없는 친구들이 많은 곳에 빠르게 입양 가는 것도 중요하지만, 입양을 간 곳에서 더욱 불행하다면 무슨 소용일까.

고양이 입양을 하고자 하는 사람들에게 난 딱 3가지가 준비되어 있으면 입양해도 된다고 말한다. 돈, 시간, 공간.

돈은 당장 생각하기에는 감당할 수 있을 것처럼 보일 수 있다. 근데 그 정도가 아니다. 내가 쓸 거 다 쓰고, 외식도 하고, 사고 싶은 것도 사고, 놀고 싶은 거 다 놀고 나서도 여유가 있어야 한다. 그래야 급한 상황에서도 큰돈을 쓸 수도 있고, 무엇보다 억울하지 않다. 의외로 반려동물과 살다 보면 '내가 얘 때문에 이것도 못 사고' 같은 생각을 하는 사람들이 많다. 충분히 그럴 수 있다. 우리 부모님도 그러셨을 거다. 한 두 번은 그냥 넘어갈 수 있다. 하지만 돈이 충분치 않아서 반려동물이 혹은 본인이 무엇을 계속 포기해야 하는 상황이 오면 쉽지 않다. 그리고 가끔 병원이라도 가야 하면…. 눈물 때문에 키보드가 보이지 않아서 여기까지만 쓰토록 하엣다….

시간 또한 마찬가지다. 자신을 위해서 다 쓰고도 여유 있게 남아야 같이 사는 반려동물을 돌볼 수 있다. 공간 또한 마찬가지. '요 정도면 되겠지?'가 아니라 남는 공간이 넉넉해야 한다.

처음에는 다 괜찮다. 모든 것이 다 이뻐 보이고, 모든 것을 다 양보해줄 수 있을 것 같다. 하지만 그렇게 끝까지 가기는 힘들다. 삶은, 반려하는 친구와 하는 마라톤 같은 것이다. 체력을 잘 유지하고, 어떻게 하면 같이 오래 달릴 수 있는지 고민해야 한다.

이제 다 준비가 되었다면, 입양하지 마. 혼자 즐겁게 살아.

잠시 우리 집을 거쳐간 고양이

임랑이
a. k. a 땡초.

고양이 임시 보호는 이제 꽤나 흔한 개념이 되었다. 이유도 다양하다.
눈앞에 갑자기 구조된 고양이가 있어 입양처가 생길 때까지 맡기도 하고
사정상 집에서 고양이를 키우기 힘든 사람들이 임시 보호를 통해 헛헛한
마음을 달래기도 한다. 나는 임보가 고양이를 키우려는 사람에게도 좋은
연습이 될 수 있다고 생각한다. 물론 임보를 한 이상 키우게 되는 경우가
더욱 허다하지만.
내가 처음 임보를 해본 고양이는 임랑이 a. k. a 땡초다. 친구를 온갖
감언이설로 꼬드겨 고양이를 입양하게 만들고 나서, 물품과 집안을
정리하는 동안 맡아서 보호하게 되었는데 이때까지 직접 마주했던
고양이 중 가장 어렸다. 집에 오기 며칠 전 수유를 뗀 정도. 다행히
리랑이를 어느 정도 키운 후 임보를 하게 되어 아기 고양이에 대한

지식이 넘쳐 났기에 임보를 하는 데 큰 문제는 없었다. 오히려 리랑이가
신나서 임랑이와 시간을 보냈기에 더욱 의미 있었던 임보 기간이었다.
임보할 때의 주의점은 고양이를 키울 때의 주의점과 대부분 비슷하다.
다만 한 가지 전혀 다른 점이 있다면 너무 많은 애정을 줘서는 안된다는
것이다. 어쨌든 좋은 주인을 찾아갈 아이라는 것을 항상 인지하고 있지
않으면 나중에 헤어질 때 스스로가 힘들지도 모른다. 심지어 보내고
나서도 남의 집 자식에게 감 놔라 배 놔라 하며 서로를 상처 줄 수도
있다. 떠나보냄을 약속하고 잠시나마 마음을 나누는 것, 그것 또한 삶의
중요한 연습이 될지도 모르겠다.

가족이라
느끼는 순간들

난 한번도 아리랑이들에게 "아빠가~" 어쩌고 한 적이 없다. 맹세코 한
번도 없다. 일단 너무 낯간지러워서 그런 말을 못 하겠다. 내가 얘네를
낳은 것도 아니고 심지어 종족도 다른데!

그래서 우리 집에서 자신이 서열 1위라 믿는 아리에게는 "내가~",
리랑이게는 "형이~", 그리고 아랑이에게는 "아저씨가~"라고 한다.
고양이의 나이가 무슨 상관이겠냐만은 아랑이는 나에게 너무 애기
이미지라 차마 오빠라고 할 수가 없다. 그리고 난 누가 나에게 '오빠'라고
부르는 것을 싫어한다. 그래서 아저씨.

아무튼 이렇게 4마리가 지지고 볶으며 사는데 가족이 아닐 수는
없다. 각자 캐릭터도 너무 다르고, 행동도 다르고, 취향도 다 다르지만
그럼에도 가족이다.

아리는 까칠하고 예민하며 홀로 있는 외로움을 즐기기 때문에 가족

사진 한 장에서도
셴의 성격이
드러난다.

같은 느낌을 못 받을 수도 있지만, 오히려 그런 아리가 가끔 애정 표현을
하거나 리랑이와 아랑이와 같이 노는 모습을 보면 영락없이 가족 같다.
예를 들면 아리는 리랑이를 정말 귀찮아하는데, 내가 리랑이 목욕을
시켜서 리랑이가 마구 소리를 지르면 걱정이 되는지 화장실 문 앞에서
마구 울어댄다. 목욕을 다 끝내고 리랑이가 젖은 상태로 나오면 그루밍을
해주기도 한다. 그리고 그렇게 귀찮고 싫어하면서도 막상 리랑이가
옆에서 자면 몇 번 째려본 후 같이 누워서 잔다. 혼자 너무 오래 지내서
표현을 잘 못하는 까칠한 첫째 누나의 모습이랄까.
리랑이와 아랑이는 사실 그냥 같은 배에서 태어난 느낌이다. 놀기도
매번 같이 잘 놀고 잠도 거의 붙어서 잔다. 때때로 따로 자고 싶어서 각자
다른 곳에서 자다가도 누군가 먼저 깨면 잠결에 비틀거리면서 서로에게
가서 그루밍을 열심히 해주다가 다시 붙어서 잔다. 가끔 리랑이가
장난을 심하게 쳐서 아랑이가 하악질할 정도로 격하게 놀기도 하지만,
순간적으로 아랑이가 화를 낼 뿐 리랑이는 신경도 쓰지 않고 곧 붙어서
다시 논다.
그럼 나는 아리랑이들과 언제 가족임을 느낄까? 약속된 신호들이 작동될
때 우리가 가족임을 느낀다. 예를 들어 아이들이 위험한 장난을 치거나
입에 가져가서는 안 되는 것을 먹으려 할 때 내가 "스읍!" 하는 소리만
내면 아이들은 '아, 이건 하면 안 되는 거구나'를 알아듣고 당장 그만둔다.
반대로 내가 아이들의 말을 알아들을 때도 가족임을 느낀다. 아이들의
목소리 톤이나 시간대 등 여러 가지를 종합적으로 보고 아이들이
말하고자 하는 바를 알아들어서 해결해주면 우리가 정말 대화를 하고
있는 것 같은 기분이 든다.
그렇게 우리는 가족이 되어가는 것 같다.

침대는 큰 걸로 사라

고양이가 보일 수 있는 가장 큰 애정과 신뢰 중 하나는 잠자리를 같이 하는 것이다. 의외로 겁이 많은 고양이들은 깊은 잠을 잘 자지 못한다. 본능 같은 것인데, 항상 선잠 비슷한 느낌으로 자며 조그마한 소리에도 쉽게 깬다. 언제든 도망 혹은 공격을 할 준비를 하는 느낌이랄까? 자는 순간에는 무방비가 되어버리니 본능적으로 선잠을 자는 것 같다. 그러니 집사와 같이 잠을 잔다는 것은 집사라는 생명체를 100% 신뢰하고 좋아한다는 의미일 것이다.

당신이 초보 집사라면 첫날 고양이가 당신에게 다가와 침대에 누워 같이 자는 순간을 잊을 수 없을 것이다. 그 감동, 그 귀여움! 모든 것이 아름다울 것이다. 그래서 온전히 고양이에게 침대의 넓은 공간을 주고 자세도 고양이를 위해서 바꾸고 아주 조심스러워하며 잠에 들 것이고, 혹여나 자신이 고양이를 뭉개거나 다치게 하지 않을까 덩달아 고양이처럼 선잠을 잘 것이다. 한때다. 다 한때인 것이다.

몇 달이 지나도록 다리는 한 번 제대로 펴지 못하고 자고, 자기는 새벽에 깼다고 앞발로 집사의 몸뚱이를 마구 밟고 다니고, 일어나라고 울고불고 하면 생각이 바뀔 것이다. 물론 그 와중에도 사랑스럽기 때문에 침대에서 쫓아낸다거나 방문을 닫고 잔다거나 하는 것은 생각하기 어렵다. 다만 타협점을 찾아내야 한다. 즉 당신도 당당히 나서서 공간 다툼을 해야 한다는 것이다.

중앙을 절대 내어줘서는 안 된다. 일단 인간이 무조건 길다. 기네스에 올라갈 고양이를 키우고 있지 않은 이상 당신이 무조건 길다. 중앙을 차지해야 양옆으로 움직일 수도 있고 무엇보다 허리나 다리를 쭉 펼 수 있기 때문에 중앙을 차지하는 것이 중요하다. 만약 이미 당신의 고양이 새… 아니 고양이님이 중앙을 차지하는 것에 익숙해졌다면 매일 밤

옆으로 슬금슬금 밀어내고, 어떻게든 차지해야 한다. 어쩌면 며칠은
삐져서 다른 곳에 가서 잘지도 모른다. 괜찮다. 그들의 작전이다. 나도
수도 없이 당했다. 하지만 버텨라. 그들은 다시 돌아온다. 겨울이면
지들도 춥다. 여름이면 어차피 에어컨은 당신을 향해 있을 것 아닌가.
시원하다. 그리고 무엇보다 캔을 까주는 사람을 평생 무시할 수는 없다.
중앙을 차지해라.

아침에 그들의 울음에 반응하지 마라. 고양이는 영악… 아니 똑똑하다.
당신이 울음소리에 일어난다는 것도, 그것에 반응하여 밥을 준다는 것도
안다. 무시해야 한다. 그들이 얼마나 울어대든, 사자후 아니 고양이후를
날리든, 귀마개를 하고 자는 한이 있어도 무시해야 한다. 이것은 시간이
좀 걸릴지도 모른다. 하지만 버텨야 한다. 그렇지 않으면 당신은 원하든
원치 않든 아침형 인간이 될 것이다. 더욱 화나는 것은 당신은 겨우
일어나 밥도 주고 물도 주고 챙겨주느라 잠이 깼는데 고양이는 먹을
것을 다 먹고 바로 잔다는 것이다. 그렇게 놔둘 수 없다. 만약 그 울음을
참아낸다면 고양이는 당신이 일어날 때까지 기다릴 것이다. 당신이
어떻게 해도 일어나지 않는다는 것을 인지했다면.

아리랑이들은 그래서 내가 일어나기를 기다린다. 대신 내가 알람을
듣거나 해서 잠시 눈을 떠 고개라도 드는 순간 모두 득달같이 달려들어
'봤어!!! 너 일어나는 거 봤어!!! 밥 내놔!!' 같은 느낌을 주기는 하지만,
그래도 어쨌든 기다린다. 급히 자는 척해봐야 늦는다. 아랑이는 머리를
들이박기 시작하고 리랑이는 소리 지르기 시작하고 아리는 조금
떨어져서 째려보기 시작한다. 지들이 좀 차려먹지.

당신의 침대에 신의 가호가 있기를.

고양이의 말을 알아듣는다

인간의 능력 중 가장 기괴하면서도 종의 생존에 가장 큰 도움이 된 것은
의인화다. 다른 종과 함께 대화를 하려 함은 기본이고 심지어 자동차에
이름을 붙이거나, 세탁기나 청소기에 고생했다며 말을 거는 경우도
있다. 어떠한 물체든 의인화시키며 대화를 나누려 하는 이 능력은
다른 동물들이 보기에는 매우 기괴하고 무의미해 보이겠지만 그러한
공감력을 바탕으로 인간은 집단을 이루고 사회화를 이뤘다.
그렇기에 고양이와 대화를 한다는 나의 착각은, 인간이 생존해오면서
가지게 된 의도하지 않은 능력 중 하나일 수도 있다. 하지만 나는
주장한다. 나는 아리랑이들의 말을 알아듣고, 얘네도 내 말을
알아듣는다.
일단 아리는 매우, 정말 명확하게 말하는 편이다. 심지어 행동을 보지
않아도 나는 아리의 목소리만 듣고도 아리가 무엇을 원하는지 알 수
있다. 그중에 가장 정확한 것은 '배고파'다. 아리는 말수가 적은 편이라

더욱 구분하기가 쉽다. 때때로 집에서 혼자 작업을 하거나 책을 읽다가
아리가 울면 '아, 밥 줄 시간이구나. 벌써 시간이 이렇게 되었구나' 하고
생각할 때도 있을 정도다. 그 외에는 '심심해'도 있다. 밥도 잘 먹고
쉬다가 갑자기 아리가 벌떡 일어나 이리저리 뛰다가 어딘가를 보고
고음으로 울 때가 있는데 그건 "놀아줘!"라는 말이다. 그때 놀아주면
반응이 가장 좋다.

아랑이는 막내답지 않게 가장 말수가 적다. 심지어 말수가 적은 아리보다
더 적다. 아랑이는 그냥 되는 대로 살거나 혹은 매일이 행복해서 특별히
무엇인가를 요구할 필요를 못 느끼는 것 같다. 유일하게 아랑이가 크고
길게 울 때는 날아다니는 벌레 같은 것을 발견했을 때, 혹은 자신이
마음에 드는 장난감을 찾았는데 그게 자신이 닿을 수 없는 곳에서
살랑거리고 있을 때다. 아랑이는 평소 아리나 리랑, 나와 지낼 때는
정말 천사 같은 고양이인데 그것과 정반대로 사냥감에게는 자비 없는
고양이라, 자신의 사냥감을 제대로 사냥 못하면 울분을 느끼는 것 같다.

리랑이는 수다쟁이다. 정말 말이 많다. 배가 고파도 울고, 심심해도 울고,
그냥 울고, 화나도 울고… 조금 과장하자면 잘 때 말고는 거의 우는 것
같다. 그래서 가장 알아듣기 어렵다. 몇 가지 말을 찾아냈지만 대부분의
말은 정말 무슨 말인지 거의 못 알아듣겠다. 여기서 우리는 삶의 지혜를
배울 수 있다. 싸움이라는 것도 '대화'의 일부분이라는 것이다. 리랑이와
나는 제대로 된 싸움은 한번도 하지 못한 채 내가 혼내며 리랑이를
쫓아다니거나, 리랑이가 나를 놀리며 멀리서 나를 보고 울어대는 것밖에
없었다. 리랑이가 하는 말 중 내가 알아들을 수 있는 건 나를 놀리는 것이
확실해 보이는 말뿐이다.

당신의 삶은 바뀐다

✳ 당신은 더 자주 인터넷 쇼핑몰을 뒤지게 될 텐데 분명히 그 쇼핑몰은 사람 물품을 파는 사이트는 아닐 것이다. 사람이 사용 가능한 것이 있긴 할 것이다. 하지만 사람을 위한 것은 아니다. 그리고 자신을 위한 것도 아닌데 무엇인가 새로운 상품이 눈에 띄면 "어머 어머" 하며 좋아하는 자신을 발견할 것이다.

✳ 당신은 사막에 사는 부족들에 존경심이 생긴다. 모래라는 것이 평소 우리의 삶과 얼마나 동떨어져 있었나 하는 깨달음과 동시에 왜 동떨어졌었는지도 깨닫게 될 것이다. 청소기는 가능하면 비싸고 좋은 것을 사라. 생각보다 자주 쓰게 될 것이다.

✳ 당신은 외박을 할 수 없게 된다. 부모님의 눈을 피해 상상력을 동원하여 거짓말하며 어떻게든 외박에 성공했던 당신이지만 이제는 자의적으로 외박을 할 수 없게 되었다. 외박만이 아니라 외출도 길게 할 수 없다. 심지어 중요한 일로, 정말 인생의 변곡점이 될 만한 일로 어쩔 수 없이 외박을 해야 하는 날, 모든 준비를 완벽하게 해놓고 다녀오더라도 엄청난 죄의식과 죄책감에 시달려야 할 것이고 그것도 모자라 겁나게 혼날 것이다.

✳ 만약 여행을 하게 된다면 모든 계획을 세우기에 앞서 가장 먼저
고려해야 할 것은 당신의 고양이다. 경험에 비추어 충고를 하자면,
평소 친구나 사촌들 중 친한 사람을 집에 몇 명 자주 놀러오게 해서
고양이와 친하게 만들어둬라. 그리고 여행 가기 전 그들 중 스케줄이
되는 사람에게 부탁해 집에서 지내며 고양이를 돌보게 하는 것이
가장 안심되고 고양이에게도 가장 스트레스가 덜 가는 방법이다.
중요한 것은 집에서 자도록 하는 것이다.

✳ 집에 물품이 계속 늘어난다. 미니멀리스트가 아니라면 자신의 물품과
더불어 고양이 물품도 계속 늘어날 것이다. 잘 버리는 것이 중요하다.
자신의 고양이가 애착하는 것도 때로는 버려야 한다. 새로운 것을
사주고 싶은 것은 집사의 본능과 같기 때문에, 과감히 버릴 줄 아는
것이 중요하다. 화를 내거나 삐질 수도 있다. 걱정 마라. 걔네는
새로운 물품이 마음에 들면 금방 잊어버린다. 그리고 어쨌든 박스는
무조건 좋아하기 때문에 새로 사주면 된다.

✳ 만약 고양이를 1마리만 키우고 있다면 둘째의 유혹을 뿌리치기 힘들
것이다. 받아들여라. 둘째까지는 괜찮다. 고양이에게도, 당신에게도
좋을 것이다. 만약 합사가 잘 이뤄져서 둘이 너무 잘 지내는 모습을
본다면 '셋째도…?' 하는 생각이 들 것이다. 그때는 참아라. 지옥이
펼쳐진다. 정말이다. 무조건 참아라. 제발.

고양이 화장실

언젠가 여행을 떠나며 친구에게 고양이를 맡겼던 적이 있다. 다행히
아이들을 잘 돌봐주었고, 나는 감사 인사를 전하며 뭐 힘든 점은
없었냐고 물어봤다. 그때 나에게 했던 말이 너무 재밌었다.
"다른 것은 전부 괜찮은데 화장실에서 애들 대변이나 소변 정리할 때
나의 자존심에 너무 큰 상처가 됐어." 이 말이 재밌었던 이유는 난 한
번도 그렇게 느껴본 적이 없기 때문이다.
'자기 자식은 눈에 넣어도 아프지 않다'라는 관용구는 아마도 진짜
자녀를 가져보지 않으면 절대로 이해하지 못할 것이다. 하지만 그것이
어떤 느낌일지 어렴풋이라도 알 수 있는 방법은 내 경험상 반려동물과
함께 사는 것이다. 그렇게 생각한 이유는, 나는 아리랑이들 화장실을
청소하면서 한 번도 더럽다고 생각한 적이 없거니와 오히려 화장실은
꼭 내가 청소하면서 변 상태나 배변 빈도를 확인해야 한다고 생각하기
때문이다.
평소보다 변이 없으면 청소할 게 적어서 기분 좋은 게 아니라 걱정부터
되고, 아이들이 화장실에 자주 들르면 들를수록 나는 더욱 기분이
좋아진다. 여기까지도 진심이다. 정말이다.
하지만 때때로 화장실을 다녀오는 아리랑이들을 보면서 빡칠 때도
많다. 예를 들면 변을 보고 모래로 덮다가 발에 묻었는데 그냥 걸어 나올
때나(경악하며 소리 지름), 소변을 보고 모래를 덮은 뒤 냄새를 열심히 맡고
난 다음에 나한테 와서 얼굴을 비비적거리거나 그루밍을 해줄 때(뭔가

너무 찜찜하지만 피하면 상처받을까 봐 받아준다) 등. 또 모래도 자주 갈아줘야 하고, 때때로 모래를 전부 비워내고 깨끗이 씻기도 해야 하는 등 손이 엄청 많이 간다. 그리고 무엇보다 싼 놈 따로, 치우는 놈 따로인 이 시스템 자체가 굉장히 화가 날 때가 많지만 그럼에도 여전히 나는 아이들 화장실 치워주는 걸 싫어하거나 더러워한 적이 없다. 내 새끼들이다 보니 그런가 보다.

고양이와 병원 가기

매일 관찰하며
아이들의
상태를 살피는
것이 중요하다.

고양이의 여러 가지 단점 중, 가장 큰 단점은 아픈 것을 숨긴다는 것이다.
물론 '냥바냥'이기 때문에 단언할 수는 없지만 대체적으로 고양이의
특징은 자신이 아플 때 몸을 숨기거나, 최대한 아픈 것을 드러내려 하지
않는다. 그러다 보니 아파 보여서 병원을 데려가면 치료 시기가 늦은
경우가 많고 이 때문에 고양이나 주인 모두 고생하거나 혹은 안타깝게도
치료가 어려운 일도 허다하다.

이를 예방하기 위해서 나는 크게 2가지 정도의 방법을 사용하는데, 첫 번째는 말할 것도 없이 정기검진이다. 아무 이상 없어 보여도 1년에 1번, 많으면 6개월에 1번 정도 병원을 방문해서 정기검진을 받는 것을 추천한다. 아무 이상이 없다면 아무 이상 없다는 것을 알 수 있고, 이상이 있다면 조기에 발견할 수 있기 때문에 정기검진은 사실상 고양이에게 필수 항목이다. 다만 의료민영화의 민낯을 보여주는 자비 없는 병원비, 자신을 위한 것임에도 엄청난 반항을 하는 고양이가 고역일 수 있다. 다묘가정이라면 병원 다녀온 고양이에게 다른 냄새가 나서 하악질하며 싸우는 모습까지 봐야 한다는 단점이 있을 수 있지만, 뭐 어떠랴. 오래 옆에 두고 싸우는 모습 보는 것이 훨 낫지.

두 번째는 집사, 아니 주인의 역량에 달려 있다. 바로 '관찰'이다. 고양이는 자유로워 보이는 반면 루틴을 굉장히 좋아한다. 예를 들면 아리 같은 경우 내가 샤워를 하면 항상 문 앞에서 기다리고 리랑이는 밤에 항상 우다다를 한다. 이러한 루틴이 깨졌을 때 일단 의심을 해보는 것이 좋다. 물론 하루, 이틀 정도야 기분에 따라 그럴 수 있지만 그런 상태가 3~4일 지속된다거나 그러는 와중에 기력이 없어 보인다거나 하면 병원을 꼭 방문하는 것이 좋다.

물론 그런 상태라 병원에 데려갔지만 아무런 이상이 없을 수도 있다. 하지만 잘 기억해두자. 아무런 이상 없다는 말을 병원에서 듣는 것만큼 기분 좋은 일도 없다.

고양이의 성장,
나의 성장

아리를 데려왔을 때의 나는 아리만큼이나 어렸던 인간이었다. 20대 초반이었으니 무엇을 알았겠나. 심지어 스마트폰도 없던 시절이니 지금의 20대와는 또 다른 시대의 어리숙함을 지녔을 터이다. 지금처럼 고양이 용품이 많았던 때도 아니고, 정보가 많았던 때도 아니다. 지금 생각해보면 미안할 정도로 무식하게 키웠다. 사실 아리가 살아남은 것은 부모로부터 강한 DNA를 물려받아서인지도 모르겠다.

게다가 아리는 어린 시절을 나와 오래 보내지 못했다. 나와 지낸 지 6개월 정도 지난 후 아리는 본가로 이사했고, 거기서 내 동생이 열심히 키워냈다. 나는 군 입대와 해외 생활을 하면서 더더욱 아리와 멀어졌다. 그러다 다시 아리와 지내게 된 것은 이미 아리가 성묘가 된 후다. 그러니

성장… 했나…?

아기 고양이를 어떻게 다뤄야 하는지에 대한 지식은 거의 전무했다고
봐야한다. 그런 내가 서울에서 둘째를 들이게 된 것이다.

리랑이에게는 정말 미안한 감정이 크다. 사실상 나는 일을 저지르고
수습하는 성향이 매우 강한 사람이다. 둘째를 애기 고양이로 들이겠다고
마음먹었다면 충분한 준비를 했어야 하는데, '일단 들이고 보자!'
하는 마음이었기 때문에 리랑이는 나 때문에 정말 고생을 많이 했다.
당황하다 보니 오히려 리랑이를 많이 혼내게 되었고, 어떤 때는 다시
생각하면 내가 정말 못됐었구나 생각할 정도의 상황도 많았다. 그래도
여전히 자다가 깨 비몽사몽한 상태로 나의 무릎 위로 올라와서 자려는
리랑이에게 고마울 따름이다.

그렇게 리랑이를 통해서 많이 배우고 시행착오를 거친 뒤 아랑이를
데려왔을 때, 아랑이는 모든 것이 준비된 집안에 들어온 것이나
마찬가지였다. 나도 그때는 수의사님과 친해져서 더 많은 정보를 가지고
있었고 집 안에는 이미 고양이를 위한 물품들이 가득했다. 그래서
아랑이는 흔히 말하는 모난 곳 하나 없이 밝은 고양이로 크게 된 것 같다.
그런 모습을 보고 있자니 리랑이에게 더욱 미안해지기도 했다.

생명을 키운다는 것은 어떤 의미에서는 내가 그들에 의해서 키워지기도
하는 것 같다. '나'라는 존재만을 내세우다 보면 결코 같이 살 수 없다.
물론 고양이들과 대화를 통해서 "이건 네가 좀 양보하고, 난 이걸 이렇게
할게"라고 협의할 수는 없다. 그렇기에 더욱 좋은 연습이 된다. 서로
눈치껏, 그리고 본능적으로 알아차려야 하기 때문이다. 아리랑이들도
분명 나와 살기 위해서 자신들이 하고 싶은 것을 못 하거나, 참고 있는
것이 있을 것이다. 나 또한 마찬가지다. 그러한 배려 혹은 양보가 서로를
성장시키는 것 같다.

아리랑이들에게
위로 받기

동화, 혹은 누군가의 특별한 사연에는 동물들이 사람을 위로하는
이야기가 종종 등장한다. 예를 들어 열이 나서 침대에 끙끙거리며 누워
있는데 평생 그런 적 없던 고양이가 이마 쪽에 털썩 누웠다든가(이건 더
열 오르게 하려는 암살 시도가 아닐까), 슬픈 일로 울면서 쇼파에 앉아 있는데
갑자기 고양이가 와서 손을 핥아줬다든가(목이 말랐는데 마침 손에 눈물이
묻어 있는 것을 보고 핥은 것이 아닐까) 하는 이야기 말이다. 중요한 것은 어떤
의도였든 자신이 함께 살고 있는 반려동물에 의해 위로를 받았다는 것이
중요하다.

그럼 나는 아리랑이들에게 위로를 받은 적이 있을까? 안타깝게도
있다(?). 하지만 흔히 생각하는 것과는 조금 다른 형태의 위로였다.
어느 저녁 엄청나게 정신적으로 힘든 일을 겪고 집에 들어왔던 적이
있다. 그때는 아리와 리랑만 있을 때였다. 너무 힘들었어서 옷을
갈아입을 생각도 못하고 그냥 쇼파에 바로 앉아버렸다. 그렇게 멍하니
앉아 있는데, 아리가 평소처럼 집안을 터덜터덜 걸어다니는 게 눈에
들어왔다. 평소 이곳저곳 냄새도 맡고 산책하듯이 집안을 돌아다니는

아리는 그때도 똑같이 돌아다녔다. 그리고 리랑이는 평소처럼 나한테
와서 얼굴을 부비적거리고 무릎 위로 올라와서 애교를 피우기 시작했다.
(이때 리랑이는 아기에서 갓 벗어난 때라 애교가 많았다.) 그때 나는 아리와
리랑이를 보면서 많은 위로를 받았다.
뭔가 아리와 리랑이가 내 기분을 생각해서 특별한 행동을 했으면 나는
더 슬펐을지도 모르겠다. 이 조그마한 것들이 나를 위로해주겠다고 하는
모습에서 어쩌면 나 스스로 연민에 빠졌을지도 모른다. 하지만 반대로
아리와 리랑이가 평소처럼 행동하는 것을 보면서 나는 뭔가 모르게
나 스스로도 평소의 상태로 돌아가는 기분이었다. '그래, 뭐 얼마나
안 좋은 일이라고. 그냥 얘네들처럼 스윽 지나가면 되는 거지' 같은
느낌이었달까? 아리의 심드렁한 눈빛에서, 리랑이의 티 없는 해맑음에서
나는 '그래, 별거 아니야' 하는 느낌을 받았던 것이다.
이후 아랑이도 들어오면서 그런 느낌은 더욱 강해졌다. 밖에서 마음이
많이 힘들었을 때 아리랑이들이 별 탈 없이 잘 지내고 있는 모습을 보면
괜히 마음이 빠르게 회복되었다. 어떤 의미로는 나보다 더욱 평정심을
유지한다는 느낌이랄까, 기복이 없는 느낌이랄까.
그래서 난 오히려 아리랑이들이 날 위로해줄 때가 아니라, 평소처럼 지낼
때 위로를 받는 느낌이다. 건강하게만 자라라는 부모님의 말씀이 살짝
이해가 가는 순간이었다.

그저 옆에 있어주는
것만으로도.

100만분의 1 정도 부모 마음

우리는 흔히 자식을 낳아보기 전까지는 부모의 마음을 이해할 수 없다고 배운다. 나는 그 말의 진짜 의미를 짐작도 하지 못했었다. 어릴 적 경험으로 부모의 마음보다는 아빠지만 한 남자인 사람, 엄마지만 한 여자인 사람의 입장을 더 빨리 이해했기 때문이다. 그래서 '부모'라는 역할에 대한 큰 관심이나 호기심이 없었다. 하지만 아리와 함께 살게 되고, 리랑, 아랑이까지 함께 가족을 이뤄서 살게 되자, 비로소 나는 부모라는 역할에 대해 이해하기 시작했다.

고양이를 기르는 것은 아마 자녀를 양육하는 것에 비하면 100만분의 1 정도의 수고로움, 기쁨, 좌절일 것이다. 하지만 조그마한 카트를 운전해보면 진짜 차를 운전하는 것을 더욱 상상하기 쉬운 것처럼, 반려동물과 함께 살다 보면 육아를 더욱 가깝게 상상할 수 있는 것 같다. 특히 아리랑이들이 아플 때 더욱 그렇다.

이사를 한 후 정신없던 때, 인터넷 설치를 위해 거실 창문을 잠깐 열어두었다. 설치를 마친 기사님을 밖까지 배웅하고 몸을 돌리는데 밖에서 어떤 아주머니가 "어머나! 아유 깜짝이야!" 하고 외쳤다. 사람에게는 정말 직감이라는 것이 있는 건지, 나는 곧바로 리랑이가 밖으로 뛰어내린 것이라는 걸 알았다. 걸어갔는지 뛰어갔는지도 모르겠다. 그저 창문으로 가면서 정말 주마등처럼 많은 생각들이 스쳐 지나갔고 난 속으로 리랑이는 무지개다리를 건넜을 것이라 100% 확신했다.

하지만 창문 밖을 보니 리랑이는 몸을 바짝 숙이고 주위를 경계하고 있었고 내가 그 모습에 놀라 동네 떠나가라 "야!!!" 하고 소리치니 그 소리에 놀란 건지 정신이 들었던 건지 후다닥 도망쳤다. 나는 뒤도 돌아보지 않고 문을 박차고 나가서 단숨에 1층까지 뛰어갔다. 리랑이는

그 자리에 없었고, 나는 뛰는 심장을 겨우 진정시키려 노력하며
주위를 둘러보는데 옆 건물 주차장이 보였다. 가서 엎드려 차 밑을
보니 리랑이가 거기 숨어 있었다. 일단 안심을 한 나는 숨을 헐떡이며
"리랑아, 이쪽으로 와" 하고 손을 뻗었다. 리랑이는 쇼크에 빠진 듯 멍해
보였고, 나는 혹여나 리랑이가 다른 곳으로 도망갈까 전전긍긍하며
이리저리 손을 뻗어 겨우 리랑이를 잡아서 안아들고 집으로 올라갔다.
계단을 올라가는 도중 리랑이는 긴장이 풀렸는지 목청이 터지도록 울기
시작했다. 나는 어떻게든 진정시키려 노력하며 집으로 들어오자마자
병원으로 전화해 상황을 설명하고 병원으로 달려갔다. 다행히 건강에는
큰 문제가 없어 보였고(아니 이럴 수가 있나) 그냥 조금 살이 까진 정도라서
약만 바르면 된다고 했다. 그렇게 하루 입원하고 퇴원하여 집으로 오는
그 순간까지 나는 그동안 경험하지 못한 감정을 느꼈다. 나 외에 다른
생명체에게 이정도로 감정을 쏟고 걱정하다니. 고양이도 이럴진대,
사람이라면 어땠을까?
물론 리랑이는 회복한 후 다시 철없는 남동생처럼 굴기 시작했다. 하지만
때때로 그 모습이 고맙기도 했다. 아직도 아리랑이들은 24시간 중에
20시간은 나를 힘들게 하고, 지치게 하고, 가끔 화나게 한다. 하지만
얼마 안 되는 시간 동안 보여주는 아리랑이들의 사랑스러운 모습은
나머지 20시간을 상쇄하고도 남는다.
나의 부모님들도 나를 그렇게 키웠으리라. 매번 이뻐서 키운 게 아니라,
순간순간의 모습이 미운 모습마저 사랑스럽게 만들어서.

털은 각오해야 한다

얼마 전 극장 분장실에서 배우들과 함께 수다를 떨고 있는데 옷의 색감에
관한 이야기가 나왔다. 서로 좋아하는 색이나 어울리는 색이 무엇인지
이야기를 나누다가 내가 문득 "나는 원래 검은색 옷을 좋아해"라고
말하니 다른 배우가 "엥? 근데 너 검은색 옷 입은 거 못 봤는데?"라고
말하는 것이었다. 순간 놀라서 "무슨 소리야. 나 검은색 옷 엄청
좋아하는데"라고 반박하자 "아니라니까. 너 검은 옷 잘 안 입어"라고
말하는 것이었다.

그래서 곰곰이 생각해보니 나는 최근 몇 년 동안 검은색 옷을 거의
입지 않게 되었다. 왜 그랬나 생각해봤더니 답은 생각보다 쉽게 나왔다.
털이었다. 고양이가 3마리나 있는 집에서 검은 옷을 입는다는 것은 무슨
의미인가. 집 밖으로 나서는 순간부터 '우리 집에 고양이 있어요'라고
자랑하는 꼴이 된다.

아무리 돌돌이로 깨끗이 밀어봐야 집안 어느 곳에서든 움직이면 털은
붙는다. 심지어 다 떼어냈다고 생각하고 문밖으로 나선 순간 옷에 붙은
털이 눈에 들어온다. 고양이를 입양할 때 많은 사람들이 망설이는 가장

큰 이유 중 하나가 털이다. 심각하게는 알레르기부터 시작해서 청소에 자신 없다는 둥, 옷에 관심이 많은데 다 망칠까 봐 두렵다는 둥, 아무튼 털이 큰 걸림돌 중에 하나로 여겨진다. 그렇게까지 걱정하는 사람들에게 꼭 이런 말을 해주고 싶다. 당신이 상상하는 것 이상이다.

아리랑이들은 흔히 말하는 코리안 쇼트헤어라는 종으로 털이 짧은 고양이들이다. 그래서 장모종 고양이들보다 덜하다고 하는데도 우리 집 어느 자리, 어느 공간에서도 털을 피할 수는 없다. 차를 마시든 밥을 먹든 털이 들어가 있는 것은 예삿일이고, 심지어 가끔 굵은 털이 살에 꽂히기도 한다. (진짜다.) 한여름, 한겨울은 그나마 낫다. 봄과 가을이 되어 털갈이 시즌이 되면 얘네들은 마치 털을 뿜기 위해 태어난 괴물들 같은 모습이 된다. 그런 괴물 3마리가 집안을 활개치며 털을 곳곳에 뿌리고 다닌다.

어떤 날에는 소파에 앉아 있는데 리랑이가 바닥에서 나를 뚫어지게 보더니 갑자기 뒷발로 자신의 턱을 막 긁으면서 털을 뿌려댔다. 그러더니 나를 스윽 보고는 도망치듯 방으로 들어가는 것 아니겠는가. 그때 속으로 '이놈들은 내가 털을 싫어하고 계속 치우려고 하는 것을 안다. 그래서 더 저렇게 뿜어대는 거야. 오냐. 내가 그 털 모두 삭발시켜주마' 같은 멍청한 생각을 하기도 했다.

하지만 이러한 모습들만 보면 너무 부정적인 이미지만 생길 수도 있으니 고양이 털로 인해 좋은 점들에 대해서도 설명할까 한다.

끝.

이게 다 털입니다

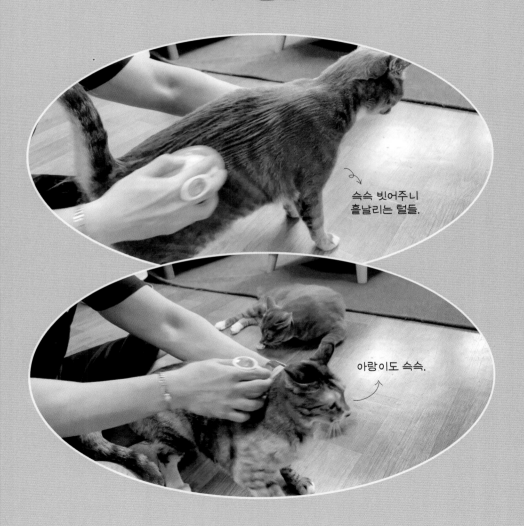

슥슥 빗어주니
흩날리는 털들.

아랑이도 슥슥.

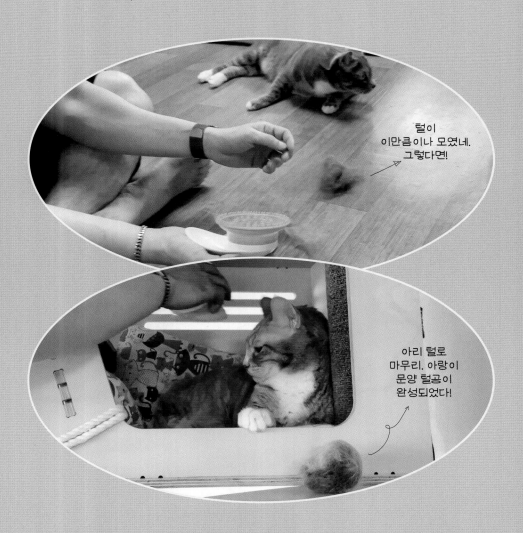

털이
이만큼이나 모였네.
그렇다면!

아리 털로
마무리. 아랑이
문양 털공이
완성되었다!

아리에게 바란다

아리는 나에게 여러모로 첫 번째다. 나와 함께 산 첫 번째 고양이, 나에게
첫 이빨의 아픔을 준 고양이, 처음 내 팔을 베고 잠든 고양이, 그리고
무엇보다 처음으로 내 곁을 떠날 고양이.
아마도 리랑이와 아랑이에게 큰 사고가 없다면 아리가 가장 먼저
무지개다리를 건널 것이다. 항상 그 생각이 떠나지 않는다. 아리가
무지개다리를 건너면 어떨까? 직업이 직업이다 보니 여러 가지 감정을
상상해보지만 이것만큼 짐작도 가지 않는 것은 없는 것 같다. 아리와
같이 12년을 보내면서 느낀 감정과 시간들은 그 누구와도 겪어보지
못했고, 겪을 일이 없을 것이기 때문이다.
아리는 나와 같이 여러 가지로 고생을 했다. 리랑이나 아랑이에 비해서
이사도 훨씬 많이 다녀야 했고, 무엇보다 아리의 입장에서는 고고한
외동으로 크다가 갑자기 가족들이 늘어버렸으니 힘든 점도 많았을
것이다. 리랑이와 아랑이가 들어오면서 처음에는 많은 부침도 겪기도
했지만 이제는 서로의 생활도 안정되고 같이 놀거나 뒤섞여 잠들어 있는

모습을 보면 미안함과 고마움을 동시에 느낀다.

그러다 보니 아리에게는 더 이상 바라는 것이 없다. 하나 있다면 어려움 없이, 아픈 곳 없이 지내다 갔으면 좋겠다는 것 정도랄까. 물론 만약 지금 아리가 3살, 4살 정도 되었다면 난 아리와 함께 고양이 심리 상담 센터를 다닐 의향도 있다. 그놈의 성격 좀 죽이고 아이들과 함께 놀도록 설득하고 자신이 주인이라는 잘못된 관념도 버리게 하는 등 할 일이 많을 것이다. 하지만 12살인 아리에게, 사람에게 말하듯 '고양이 인생은 10살 이후' 하는 말은 통하지 않는다. 그러니 아리에게는 이제 무엇을 바란다는 것이 욕심인 느낌이다. 무엇보다 아리는 정말 많은 어려운 과정을 건강하고 튼튼하게 잘 버텨주었다. 고마울 따름이다.

그러니 지금부터는 아리가 무엇을 바라는지 잘 알아봐야 한다는 생각이 든다. 얼마나 남았을지 모르지만 아리의 남은 기간은 세상 어떤 고양이보다 편하고 행복한 삶을 살다 갈 수 있기를.

리랑이에게 바란다

나는 살면서 상대방에게 실수하지 않으려고 매우 노력하는 편이다. 나의
개인적인 자유만큼이나 중요한 것은 다른 사람에게 피해를 주지 않는
것이라는 생각 때문이다. 그렇기에 평소에 말이나 행동을 의식해서
조심하려고 하는 편이다. 그런데 아무리 돌이켜 봐도 리랑이에게는 참
많은 실수를 한 것 같다.

지금 생각하면 왜 그랬는지 알 수 없으나, 리랑이를 데려왔을 때 나는
아기 고양이에 대해서 충분히 안다고 생각했다. 아리가 아기 고양이였던
것이 10년이 넘었다는 것과 심지어 그때는 충분한 지식 없이 아리를
막 키웠다는 사실을 곱씹어 보기에는 내가 너무 미련했나 보다. 더불어
고양이 합사라는 삼국통일만큼이나 어려운 과제를 마치 자판기에서
'서로 잘 지내기' 품목을 사듯이 쉽게 생각했던 것 같다.

그러다 보니 나의 무지함과, 당혹스러움, 답답함 등을 리랑이를 혼내거나
다그침으로써 해결하려 했다. 그럼에도 내가 정말 운이 좋은 것은
리랑이가 태생적으로 성격이 좋고, 똑똑하다는 것이다. 내가 그렇게
리랑이를 혼냈어도 리랑이는 내가 자신을 혼낼 때와 평소의 나를
구분할 줄 알았다. 그래서 혼나는 시간이 지나면 금방 내 무릎 위에 와서

눕는다거나 내 옆에서 그르렁거리며 궁디팡팡을 해달라고 엉덩이를 들이민다.

그럼에도 리랑이에게 무엇인가를 바랄 수 있다면 적당히 눈치 좀 챙기면 좋겠다. 리랑이는 악의가 없다. 그 큰 덩치와 엄청난 근육들을 가지고도 자신을 그닥 좋아하지 않는 아리를 진심으로 공격한 적도 없고, 누구에게도 하악질 한 번도 하지 않았다. 새로운 사람이 와도 숨거나 공격적이지 않고, 곧바로 가서 엉덩이를 들이밀며 궁디팡팡을 해달라고 할 정도로 사교적이다. 하지만 이 녀석은 눈치가 없다. 아리는 리랑이가 아랑이와 같이 놀 듯이 격하게 뛰어노는 것을 싫어한다고 몇 번이나 알려줘도 리랑이는 아랑곳하지 않는다. 벌써 3년 차가 되어가지만 리랑이는 포기를 모른다. 그래서 아리는 때때로 리랑이와 같이 옆에 누워 자기도 하지만, 여전히 리랑이가 놀자고 뛰어들거나 다가오면 기겁을 하며 도망간다. 아리에게만 그러는 것도 아니다. 아랑이와 뛰어놀다 보면 누가 봐도 아랑이가 그만하라는 명징한 외침을 외치게 할 정도로 격하게 논다. 물론 그렇게 놀고 나면(다행히 아랑이도 착해서) 같이 뒹굴며 자고 서로 그루밍도 하지만 노는 순간만큼은 리랑이가 몇 번이나 선을 넘는 듯 보인다.

고양이도 나이가 들수록 지혜가 쌓이고, 눈치가 생기는지는 잘 모르겠으나, 리랑이는 그럴 수 있길 바란다. 혹은 얼른 나이 들어서 힘이라도 더 빠지길. 이렇게 바라면서도 한편으로는 그런 철든 리랑이가 과연 리랑이일까 하는 생각이 든다. 리랑이는 살짝 모자란 남자아이 느낌이 가장 좋은데 말이다.

그래도 조금만 눈치 챙기자.

아랑이에게 바란다

'인생은 고양이처럼'이라는 말은 아랑이를 위해 생긴 말 같다. 아랑이를
보고 있노라면 흔히 말하는 '화를 내어 무엇하랴' 같은 말이 저절로
떠오른다. 아기 고양이일 때 집에 온 순간부터 리랑이와 꼭 붙어서 자는
것도 그렇다. 지금까지 단 한 번도 장난으로라도 내 손을 물거나, 아리나
리랑이에게 화를 낸 적도 없고, 새로운 사람들이 와도 신나하며 같이
논다. 그래서 집에 한두 번 왔던 손님들은 하나같이 모두 '아랑앓이'를
하게 된다.
아리와 리랑이를 견뎌낸(물론 그들도 나를 견뎌내고 있지만) 나의 가상한
노력을 보고 고양이 신이 "옜다" 하며 우리 집에 준 선물 같다고
느낄 정도이다. 왜냐면 아랑이는 마치 하이브리드처럼 아리에게도,
리랑이에게도, 심지어 나에게도 맞춤형이기 때문이다. 아랑이는
나이가 가장 어림에도 눈치가 빠르다. 그래서 격하게 노는 걸 싫어하는
아리에게는 절대 리랑이에게 달려들 듯이 달려들지 않는다. 젊은 패기가

넘쳐 우다다를 하고 싶어지면 리랑에게만 달려든다. 그래서 아리도
아랑이에게는 조금 더 곁을 주는 편이다. 더욱 재밌는 건 아랑이는
리랑이에 비해서 작고 조금 덜 격해서인지, 요즘에는 아랑이가 아리에게
달려드는데 아리도 아랑이를 피하기보다는 같이 투닥거리며 노는
모습을 종종 보게 된다는 것이다. 나이가 들수록 운동량이 적어지는
아리에게는 좋은 파트너가 아닐 수 없다.

리랑이에게는 아랑이가 정말 사막의 오아시스였을 것이다. 곁을 잘
내주지 않는 아리에게 매일 까이는 것이 일상이던 리랑이는 아랑이가
온 첫날부터 자기 여동생인 것 마냥 품에 품고 잠들었다. 다음 날부터는
그루밍부터 시작해서 옆에 꼭 붙여놓고 다녔다. 물론 그러다 적당히
크니까 패기 시작했지만 그런들 어떠랴, 아랑이는 그런 리랑이를 다
이해하고 같이 놀아주며 리랑이의 장난을 다 받아주었다. 요즘은 오히려
리랑이가 자고 있는 아랑이한테 가서 그루밍을 해주는 등 마치 리랑이가
아랑이한테 의지하는 모습을 보이고는 한다.

나에게도 아랑이는 정말 선물 같은 존재인데 나한테 찰싹 달라붙어서
자려 한다거나, 내가 어딜 가든 옆에서 구경한다거나 하며 따라다닌다.
뭔가 불만스러운 상황에서도 아리나 리랑이처럼 울기보다는 가만히
기다리는 편이다. 어찌 보면 우리 집 4마리 중에 가장 철이 들었을지도
모르겠다.

그런 아랑이에게 무엇이 바랄 것이 있겠냐만은, 하나 바란다면 아랑이는
눈이 돌아버리면 그때는 뭔가 다른 존재가 되어버린다. 아리는 애당초
우다다의 범위도 좁고, 시간도 짧아서 아리가 무엇인가를 부수는 경우는
크게 없다. 게다가 겁쟁이라 애당초 우다다를 하면서 안전한 루트만 잘
찾아서 다닌다. 의외로 리랑이는 운동신경이 좋아서인지, 혹은 무엇이든

부수면 나랑 한판 붙어야 한다는 것을 알아서인지 우다다를 격하게
하면서도 뭘 파손시키는 경우가 별로 없다. 아랑이는 우다다를 하는
순간, 마치 다른 묘격이 아랑이에게 들어오는 것 같다. '나는 아랑, 파괴를
위해 태어났지'라는 듯한 모습과 눈빛으로 온 집안을 뛰어다니는데,
책상부터 시작해서 식탁 위, 어디든 훌쩍훌쩍 뛰어다니며 모든 것을
떨어트리고 다닌다. 물론 고양이와 함께 사는 사람들은 그런 상황을
고려해서 떨어질 만한 것들은 미리 치워두지만 그럼에도 금방 마시고
미처 치우지 못한 컵(3개 넘게 깨졌다) 등 무엇이든 떨어지기 마련이다.
평소에 쌓인 화를 이런 것으로 푸나 싶은 정도다.
이렇게 말하면 "평소에 화를 잘 풀고, 표현을 많이 했으면 좋겠어"라고
해야겠지만 내 바람은 그렇지 않다. 그냥 이런 방식으로 풀어주고
평소에는 지금처럼 했으면 좋겠다. 이 정도는 내가 치울 수 있다. 그러니
지금처럼 아랑이가 우리 사이에서 가장 사랑 넘치고 가장 철든 고양이로
남아주길 바란다.

고양이는
함께 사는 것이다

"삼인행필유아사"라고 공자님은 말씀하셨다. 간단히 말하자면
누구에게나 배울 점은 있다는 뜻이다. 공자님의 말씀에 고양이도
포함되어 있는지는 잘 모르겠지만, 놀랍게도 고양이에게도 배울 점이
있다. 반려동물과 함께 살기 위해서는 일종의 '훈련' 과정을 거친다.
함께 살아야 하니 생활 패턴이나 방식을 최대한 서로 맞추는 과정을
거치는 것이다. 즉, 상대방을 변화시키는 시간을 가진다. 하지만 이미
수많은 악명으로 검증된 바, 고양이는 훈련시킬 수 없다. 아니 정확히는
고양이도 훈련시킬 수 있지만 그럴 필요가 없다는 것이 맞겠다.
고양이는 배변 훈련을 따로 하지 않는다. 본능적으로 자신의 배변을
모래로 덮는 고양이는 특정 공간에 모래만 잘 채워주면 그곳 외에 배변을
하지 않는다. 그 외에 식사나, 노는 것, 잠 등 웬만한 생활 방식은 스스로
잘 터득한다. 즉 특별하게 뭘 훈련시킬 필요 없이 고양이는 알아서 잘
생활한다. 그렇다면 반려인은 무엇을 해야 할까? 고양이를 있는 그대로

받아들이면 된다.

상대방을 변화시키려 해봐야 역효과만 계속해서 일어난다. 오히려 상대방을 그대로 인정하고 받아들이다 보면 다른 해결책이 보이는 경우가 더 많다. 고양이와 사는 것이 그렇다. 고양이의 습성과 행동 방식을 있는 그대로 받아들이고 이해하는 것이 가장 좋은 방법이다. 그렇다면 인간만 그렇게 해야 하느냐? 그렇지 않다. 놀랍게도 고양이도 같이 사는 인간의 방식을 받아들이고 이해하기 시작하면서 서로의 밸런스를 잘 찾아간다. 고양이도 인간을 바꾸려 하지 않고, 인간도 고양이를 바꾸려 하지 않고 그대로 받아들이는 것이다.

사람도 이럴 수 있으면 얼마나 좋을까. 서로를 서로가 원하는 모습으로 바꾸려는 것이 아니라 서로의 모습 그대로를 받아들이고 이해해줄 수 있다면, 그것만큼 아름다운 관계가 또 있을까?

아리랑이들과 대화할 수 있다면

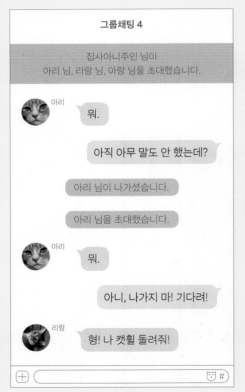

그룹채팅 4

집사아니주인 님이
아리 님, 리랑 님, 아랑 님을 초대했습니다.

아리
뭐.

아직 아무 말도 안 했는데?

아리 님이 나가셨습니다.

아리 님을 초대했습니다.

아리
뭐.

아니, 나가지 마! 기다려!

리랑
형! 나 캣휠 돌려줘!

잠깐만 리랑아 기다려 봐.

리랑
지금!! 지금 돌려줘!!

야, 기다려!
일단 우리 각자 소개해야 돼.

아랑
난 아랑이예오!

아리
뭐.

리랑
형, 캣휠!

잠깐만! 아리, 너 소개 다시 해.

아랑
저는 아리 언니랑
리랑이 오빠 좋아해오!

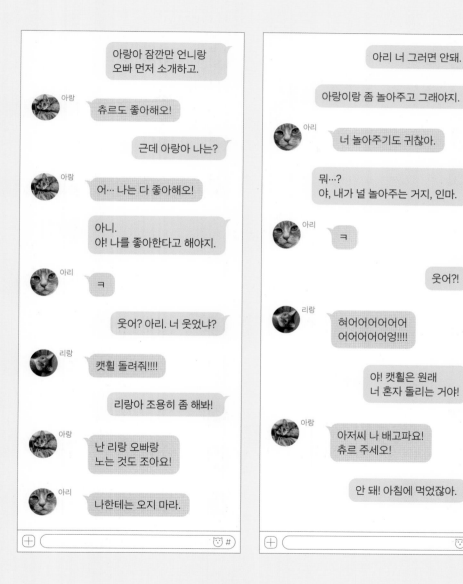

아랑아 잠깐만 언니랑 오빠 먼저 소개하고.

아랑: 츄르도 좋아해오!

근데 아랑아 나는?

아랑: 어… 나는 다 좋아해오!

아니.
야! 나를 좋아한다고 해야지.

아리: ㅋ

웃어? 아리. 너 웃었냐?

리랑: 캣휠 돌려줘!!!!

리랑아 조용히 좀 해봐!

아랑: 난 리랑 오빠랑 노는 것도 조아요!

아리: 나한테는 오지 마라.

아리 너 그러면 안돼.

아랑이랑 좀 놀아주고 그래야지.

아리: 너 놀아주기도 귀찮아.

뭐…?
야, 내가 널 놀아주는 거지, 인마.

아리: ㅋ

웃어?!

리랑: 혀어어어어어어 어어어어어엉!!!!

야! 캣휠은 원래 너 혼자 돌리는 거야!

아랑: 아저씨 나 배고파요! 츄르 주세오!

안 돼! 아침에 먹었잖아.

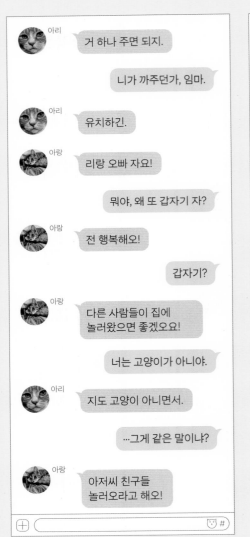

아리 거 하나 주면 되지.

니가 까주던가, 임마.

아리 유치하긴.

아랑 리랑 오빠 자요!

뭐야, 왜 또 갑자기 자?

아랑 전 행복해오!

갑자기?

아랑 다른 사람들이 집에
놀러왔으면 좋겠오요!

너는 고양이가 아니야.

아리 지도 고양이 아니면서.

…그게 같은 말이냐?

아랑 아저씨 친구들
놀러오라고 해오!

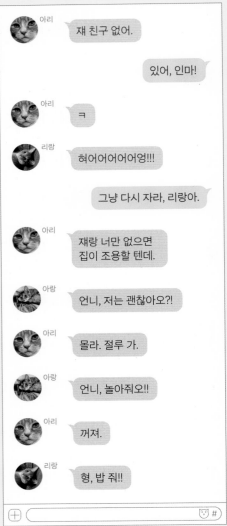

아리 쟤 친구 없어.

있어, 인마!

아리 ㅋ

리랑 허어어어어어엉!!!

그냥 다시 자라, 리랑아.

아리 쟤랑 너만 없으면
집이 조용할 텐데.

아랑 언니, 저는 괜찮아오?!

아리 몰라. 절루 가.

아랑 언니, 놀아줘오!!

아리 꺼져.

리랑 형, 밥 줘!!

무슨 또 밥이야!

리랑
배고파아아아!!!

아리
나도 배고프네. 밥 내와.

아랑
그럼 나도 밥 먹을래오!

니들이 차려 먹어, 이것들아.

아리
까불지 말고 내와.

아랑
언니 카리수마!

리랑
바아아아아압!!!

으아아아아아아아아!!!

집사아니주인 님이 나가셨습니다.

리랑
형?

아랑
아조씨?

아리
이제 밥 누가 차리냐.

이 세상 모든 집사들에게

우리는 봉기해야 합니다.
뿌리 깊은 차별을 철폐하고, 부당함에 맞서 싸워야 합니다.
언제까지나 이렇게 어둠 속에서 살 수는 없습니다. 매일 그저 캔따개로
사는 것에 만족하십니까? 삽을 들어 모래를 휘적거리며 감자를 캐는
삶에 만족하십니까? 잘못한 것이 없음에도 물리고, 그래 놓고 필요하면
방석 삼아 무릎 위에 올라와 골골거리며 자는
그들에게 이렇게 침묵을 지켜야 합니까?
우리는 그럴 수 없습니다. 목소리를 내야 합니다. 일어나야 합니다.
그 첫 번째 행동으로 저는 '집사'라는 타이틀을 더 이상 사용하지 못하게
할 것을 주장합니다. 여러분 제가 누군가와 첫 만남을 가질 때,
그분들이 저를 어떻게 부르는지 아십니까? "안녕하세요, 집사님." 저는
분노합니다. 저는 당신들의 집사가 아닙니다.
그 인사를 옆에 앉아 있던 다른 테이블의 사람이 들으면
'아, 저 사람은 집사인가 보다'라고 생각하지 않겠습니까? 있을 수 없는
일입니다. 그럼에도 불구하고 저는 그저 "아, 예에"라고

대답함으로써 그 굴욕감을 더욱 크게 느낍니다.
그러니 '집사'라는 단어를 금지해야 합니다.
두 번째로 저는 고양이 신고 센터 설립을 촉구합니다. 저희 집사들 아니
인간들이 고양이에게 당하는 폭력, 엄청납니다. 말로 다하지 못합니다.
물리고, 앞발로 맞고, 아침에 자꾸 밟혀서 깨고! 옷을 찢는다든가, 물건을
떨어트려서 깨트린다든가 하는 수많은 폭력 앞에서 우리는 그동안
침묵해왔습니다. 우리는 눈감았습니다.
하지만 더 이상 그럴 수 없습니다. 더 이상 좌시하지 않아야 합니다.
고양이 신고 센터를 설립하여 수많은 집사들 아니
인간들이 고양이들로부터 당하는 폭력을 고발하고
해결해줄 수 있도록 해야 합니다.
마지막으로 고양이 직업훈련소를 설립할 것을 촉구합니다.
언제까지 이들은 놀고먹어야 합니까? 강아지들은 집이라도 지키지
이것들은 혹여나 사람이 들어오면 지들 숨기 바쁩니다.
도대체 이들은 귀여운 것 말고 할 줄 아는 것이 무엇입니까?
일해야 합니다. '일하지 않는 고양이 먹지 말라'는
한국의 가르침을 받아야 합니다. 그러면 자기들도 사료를 먹는 것이
얼마나 힘든 일인지, 허구한 날 달라고 떼쓰는 츄르가 얼마나
비싼 것인지! 털 저리게 알게 될 것입니다.

집사들이여, 두려워하지 마십시오. 우리는 해낼 수 있습니다.
뭉치면 할 수 있습니다.
해냅시다. 이뤄냅시다!
저는 아이들 화장실 청소 좀 해주고 다시 돌아오겠습니다.

아리랑,
지구를 정복한 고양이들

1판 1쇄 인쇄   2022년 7월 22일
1판 1쇄 발행   2022년 7월 29일

지은이 큰 고양이(남기형)

펴낸이 이필성
사업리드 김경림 | **책임편집** 한지원
기획개발 김영주, 서동선, 신주원, 송현정 | **영업마케팅** 오하나, 유영은
디자인 렐리시 | **편집** 정인경
크리에이터 담당 권인수, 권도연

펴낸곳 (주)샌드박스네트워크 샌드박스스토리
등록 2019년 9월 24일 제2021-000012호
주소 서울특별시 용산구 서빙고로 17, 30층(한강로3가)
홈페이지 www.sandbox.co.kr
메일 sandboxstory@sandbox.co.kr
전화 02-6324-2292

© 큰 고양이, 2022
ISBN 979-11-978538-6-9 03810